D
en de

© 2022 Martin Gijzemijter en
MG Publishing
Alle rechten voorbehouden
Omslagontwerp: Martin Gijzemijter
Opmaak binnenwerk: Astrid Slootweg

ISBN 978 90 831 7905 6
NUR 330

De Notaris

en de gestolen erfenis

MG Publishing

Voorwoord

We hebben allemaal die droom, dat ene ding dat we ooit nog eens in ons leven willen doen. En zoals dat gaat in het leven, schuif je die droom met regelmaat voor je uit, gaan er dagen, weken, maanden voorbij, telkens met een geldige reden om niet te doen wat je zo graag ooit nog een keer zou willen doen.

Dan komt er ineens een moment dat het te laat is, je kansen verkeken zijn, en ooit verandert in nooit. Ik was heel hard op weg om dat te laten gebeuren, afgeleid door het leven, door werk, door duizend en één dingen die niets met mijn droom te maken hadden.

Totdat ik het op een donderdagnacht ineens niet meer zag zitten. In een paniekaanval zag ik alles aan me voorbij trekken en de dag naderen dat het te laat zou zijn. Dat mocht niet gebeuren. En zo begon ik die nacht aan iets waar ik al jaren over droomde, mijn boekenserie over De Notaris.

De Notaris en de gestolen erfenis is het eerste deel van, hopelijk, een hele lange serie. Ik heb ontzettend genoten van het plotten met Astrid, het voorbereiden en het schrijven van dit boek, en ik hoop dat je minstens zoveel plezier zult beleven bij het lezen ervan.

Geniet ervan, en vergeet vooral ook niet je eigen dromen na te jagen!

Martin

1

'Meneer Frank?'

Het was niet Olivia's gewoonte om een deur ongevraagd te openen, maar na drie keer kloppen zonder reactie, zag ze weinig andere opties. Thomas Frank was daarbinnen en ze hadden een afspraak. Olivia kwam nooit te laat op afspraken en vandaag zou niet de eerste keer zijn.

'Meneer Frank?' probeerde ze nogmaals, terwijl ze de deur een stukje verder openduwde. Het ging wat moeizaam door de stapel papier die ze in haar handen had.

Er hing een muffe geur in het kantoor, alsof het raam al weken, misschien zelfs maanden, niet open was geweest. Naarmate de deur verder openzwaaide, zag Olivia steeds meer van een antiek uitziend kantoor. De stoffige lucht paste prima bij de inrichting. Toen het bureau in beeld kwam, zag Olivia haar nieuwe collega erachter zitten, zijn hoofd voorovergebogen en zijn gouden pen stevig in zijn rechterhand geklemd. Thomas Frank keek zo geconcentreerd naar het dossier dat hij voor zich had, dat Olivia twijfelde of hij haar aanwezigheid überhaupt had opgemerkt.

'Meneer Frank?' zei ze voor de derde keer. 'Volgens mij hebben wij een afspraak. Ik ben...'

'De oppas!' hoorde ze plotseling vanachter het bureau, waarna twee indringende diepblauwe ogen haar recht aankeken.

'Pardon?' reageerde Olivia verbolgen.

'De oppas. Dat bent u toch?'

Olivia wist niet goed wat ze hierop moest zeggen. Ze moest hem wel in de gaten houden, maar het woord oppas was wat haar betreft wat je gebruikte om een tienermeisje aan te duiden dat in haar vrije tijd huiswerk maakt in het huis van een ander terwijl de bewoners ergens naartoe gaan waar ze hun kinderen niet bij kunnen gebruiken.

Thomas Frank richtte zijn blik weer op het dossier voor zijn neus. 'Olivia Bos, vijfendertig jaar, herintreder en mijn nieuwe oppas.' Zijn stem klonk alsof hij er een beetje om moest lachen, maar zijn gezicht stond ernstig.

Het duurde een paar seconden voordat Olivia zich wist te herpakken. 'Ik geloof niet dat ik deze toon van u hoef te accepteren. Ik kom hier om...'

'Dan gaat u toch weer weg?' onderbrak hij haar zonder van zijn dossier op te kijken.

'Dit kun je toch niet menen?' Het was Olivia's bedoeling geweest om dit alleen te denken, maar blijkbaar zei ze het per ongeluk hardop. Of de norse man tegenover haar kon gedachten lezen. In elk geval leek het of hij antwoordde op wat er door haar hoofd speelde.

'Luister,' zei hij, nog altijd zonder haar aan te kijken. 'Het is heel eenvoudig. We hebben hier een vrij duidelijke situatie. Ik stel uw aanwezigheid niet op prijs. Dat zult u, gezien de situatie, ongetwijfeld begrijpen. Als ik u een beetje goed inschat, is dit ook niet hoe u de herstart van uw carrière in gedachten had.'

Olivia kon weinig anders dan dit beamen met een schoudergebaar.

'Ik wil niet dat u hier bent, en u wilt hier niet

zijn. Het lijkt mij de meest onzinnige start van een samenwerking. Maar bedankt voor uw komst.'

Olivia was sprakeloos. Wolff had haar weliswaar van tevoren gewaarschuwd voor wat haar nieuwe collega allemaal uithaalde. Er was duidelijk een reden dat zij hier vandaag was. Dat Thomas Frank geen makkelijke man was, daar had ze zich volledig op voorbereid, maar dit ging alle fatsoensnormen te buiten. Ze had iets gevats willen zeggen, maar woorden lieten haar in de steek en maakten plaats voor een oorverdovende stilte in de kamer. Het enige geluid dat er te horen was, was de antieke klok op het bureau van Thomas Frank en het geluid van zijn gouden pen, die met scherpe streken over het dossier gleed.

Olivia wist niet goed of er seconden of minuten waren verstreken, maar dat ze hier al veel te lang in stilte stond, dat was een feit. Aarzelend draaide ze zich om en opende de deur. Ze vroeg zich af hoe ze dit aan Wolff moest gaan vertellen. Tijdens haar sollicitatiegesprek had ze zich gepresenteerd als een taaie tante, iets dat nodig was voor dit beroep volgens haar toekomstige werkgever. En nu moest ze hem op haar eerste werkdag gaan vertellen dat ze zich had laten wegsturen door de man voor wie ze feitelijk was aangenomen. Uiteraard was haar missie om Thomas Frank op het rechte pad te houden van tijdelijke aard, maar voor nu was het haar functieomschrijving. Hoe moest ze dit in godsnaam aan haar nieuwe werkgever verkopen?

Niet, bedacht ze, terwijl ze de deur met een ferme klap weer dichtsloeg. 'Nu moet u eens even goed luisteren, meneer Frank,' zei ze, terwijl ze zich omdraaide en met drie grote stappen naar zijn bureau beende. 'U hebt gelijk. Ik wil hier niet zijn. Ik heb geleerd voor dit vak. Keihard. Ik heb me daarnaast de benen onder mijn lijf vandaan gewerkt om een opleiding te kunnen betalen toen mijn ouders weigerden dat voor mij te doen, en ik had het bijna geflikt. Dat het leven ingreep, daar zul je me niet over horen. Maar zodra de kans zich voordeed, heb ik hem met beide handen aangepakt en ervoor geknokt.'

Voor de tweede keer sinds Olivia zijn kantoor was binnengelopen, keek Thomas Frank haar aan. Was dat nou een glimlach die zich op zijn lippen vormde? Het maakte Olivia nog kwader dan ze al was.

'Ik begrijp echt wel dat ik onderaan moet beginnen en ik ben bereid om keihard te werken. Maar ik weiger me te laten behandelen als een voetveeg. Ik weet niet wat u gedaan hebt om ervoor te zorgen dat ik hier naartoe ben gestuurd en eerlijk gezegd kan me dat ook niet zoveel schelen. Ik ben hier niet voor u, ik ben hier voor mezelf en voor mijn toekomst. Dus ja, meneer Frank, u hebt gelijk. Ik wil hier niet zijn. Maar *guess what*, hier ben ik.'

Er viel een korte stilte, die alleen onderbroken werd door het geluid van Olivia die diep inademde om aan het volgende stuk van haar uitbarsting te beginnen.

'Dus of u het nu leuk vindt of niet,' ging Olivia verder, terwijl ze de stapel papier op het bureau van Thomas Frank smeet, 'dit is het dossier waaraan we gaan werken. Ik ben Olivia, aangenaam!'

Ze stond te trillen op haar benen en haar ademhaling snoof door haar neus. Het was lang geleden dat ze het had aangedurfd om iemand zo de waarheid te zeggen, maar het was nodig. Dit was het begin van haar nieuwe leven, een leven waarin ze niet over zich heen liet lopen. Niet door haar ouders, niet door haar eikel van een ex-man, en al helemaal niet door Thomas Frank. Wie dacht hij wel dat hij was?

Ze keek de man aan de andere kant van het bureau strak aan zonder zich te verroeren, simpelweg omdat ze niet wist wat ze anders zou moeten doen.

Het bleef een paar seconden stil, waarna hij een diepe zucht slaakte, zijn dossier dichtsloeg en zijn pen er netjes naast legde. Hij glimlachte nu breed.

'Mooi, dan is dat duidelijk,' sprak Thomas terwijl hij voorover leunde op zijn bureau en zijn rechterhand uitstak naar Olivia. 'Ik ben Thomas Frank, maar noem me maar Thomas. Wil je koffie?'

2

'Je kunt toch niet iemands laatste wens negeren? Dat kan toch niet zomaar?'

Olivia hoorde de wanhoop in de stem van Gerda Janssen en wilde niets liever dan haar geruststellen.

'Het spijt me, ik ben niet bevoegd om daar een uitspraak over te doen, u zult echt even moeten wachten op meneer Frank.' Olivia wierp een nerveuze blik op Elly, de office manager die aan haar bureautje verderop de administratie zat weg te werken. Die wist ook niet waar Thomas uithing en keek meelevend terug, voordat ze de discreet rinkelende telefoon opnam.

'Maar we wachten al een uur!' antwoordde de vrouw verontwaardigd.

Het was niet gelogen. Mevrouw Janssen, haar echtgenoot en haar zoon zaten al minstens een uur in de ontvangstruimte. Nu waren ze weliswaar een kwartier te vroeg gearriveerd, maar Thomas was te laat en Olivia had het gevoel dat dat geen uitzondering was. Ze was bijna de wanhoop nabij toen Elly doorgaf dat de notaris klaar was om de cliënten te ontvangen.

Wacht even, dacht Olivia, klaar om de cliënten te ontvangen? Zat hij nou gewoon... Mevrouw Janssen had haar tas al gepakt om op te staan van de bruine Chesterfield-bank, maar Olivia stak een vinger op naar het drietal om aan te geven dat ze nog heel even moesten wachten. Ze snelde naar het kantoor van Thomas. Zonder te kloppen stormde ze naar binnen. Daar zat hij, keurig achter zijn bureau, in zijn bruine jasje, zijn handen in elkaar gevouwen op het eikenhouten bureaublad. Hij zag eruit alsof hij al een uur had zitten wachten op haar komst, maar toen Olivia dichterbij kwam, zag ze dat hij gejaagd ademhaalde, alsof hij net een stukje gerend had.

'Zit jij nou serieus de hele tijd al hier?' vroeg Olivia hem ontsteld.

'Niet bepaald nee,' antwoordde Thomas, die zijn jasje rechttrok en gebaarde naar het raam. 'Ik ben het vergeten te sluiten, wil jij dat even doen? Er is zoveel herrie buiten. Dat leidt zo af tijdens het bespreken van een zaak.'

Het raam in het kantoor stond inderdaad wagenwijd open en een flinke bries liet de gordijnen wapperen. Helaas deed de wind niet genoeg om de muffe geur in de ruimte te verdrijven.

'Ben je nou serieus door het raam geklommen?' vroeg Olivia, die niet goed wist of ze nou verontwaardigd of nieuwsgierig moest zijn.

Thomas knikte en grijnsde.

'Maar... waaróm?'

'Heb je de tijd gezien? Ik ben veel te laat!' antwoordde hij alsof het de normaalste zaak van de wereld was.

'Ja natuurlijk heb ik dat gezien,' reageerde Olivia fel. 'Die mensen zitten al een uur op je te wachten. Waar was je?'

Thomas wees naar twee bekers op zijn bureau. 'Koffie halen!'

'Je bent te laat door koffie?'

'Ja. Ik was vanmorgen even bij de huisarts en op de weg terug dacht ik dat het een leuk idee was om koffie voor je mee te nemen.'

'Oh. Dat is eh... Thomas, je komt toch niet drie kwartier te laat vanwege een paar koppen koffie?' Was dit nou het soort gedrag dat ze in de kiem moest smoren? Moest ze hem zo africhten dat hij voortaan op tijd zou komen?

'Ja, nou ja, niet helemaal door koffie. Ik wist niet zo goed wat voor soort je precies zou willen. Ik drink mijn koffie zwart. Maar dat leek me een beetje te saai voor je. Je CV was prachtig gemaakt, maar er stond niets in over koffie.'

Huh, dacht Olivia. Wie zet er nou iets in z'n CV over koffie? Maar voordat ze hier langer over kon nadenken, was Thomas alweer verder gegaan met zijn uitleg.

'Eerst dacht ik dat een koffie met karamel een goed idee was, maar aangezien we elke dag met elkaar gaan werken, zou ik je hier binnen een maand naar buiten kunnen rollen. Toen besloot ik dat je me wel een type leek voor latte macchiato, maar misschien ben je wel allergisch voor melk. Dan kunnen we die hele koffie weggooien en als ik iets zonde vind dan is het wel om zomaar dingen weg te gooien. Dat is een van de belangrijkste dingen die mijn vrouw me op het hart heeft gedrukt toen we net bij elkaar waren.'

Dat hij niet graag dingen weggooide kwam niet echt uit de lucht vallen voor Olivia. Erg lang had ze nog niet doorgebracht in het kantoor van Thomas, maar in de korte tijd dat ze er was had ze al een bizar aantal voorwerpen gezien. Oude Aziatische maskers, een antieke pijp, een muziekdoosje waarvan het deksel half los hing... het waren zomaar wat voorwerpen die Olivia had zien liggen terwijl ze langs de vele kasten in het kantoor liep. De muffige geur was dan ook prima te verklaren. Er zat veel meer in deze voorwerpen dan alleen geschiedenis.

'En toen?' vroeg Olivia, al twijfelde ze of de ze de rest van dit verhaal kon verdragen.

'Toen realiseerde ik me dat ik al veel te lang had staan twijfelen en besloot ik om een zwarte koffie voor je mee te nemen. Oh!' Thomas graaide even in de zak van zijn jasje. 'Mét een zakje suiker en melk!' Hij keek er heel opgewekt bij.

Olivia was met stomheid geslagen en twijfelde of ze toch niet de voorkeur gaf aan de norse man die ze aanvankelijk had ontmoet.

'Maar waarom in godsnaam door het raam?'

'Beste Olivia, ik weet dat je nieuw bent in dit vak,' antwoordde Thomas, 'maar te laat komen met twee bekers koffie in je handen is niet heel chic. Te laat komen in het algemeen niet, eigenlijk. Nu weten deze mensen niet beter dan dat ik al die tijd gewoon netjes aan het werk was.'

'Een liegende notaris, mooi!' flapte Olivia eruit voor ze er erg in had.

'Jij noemt het liegen, ik noem het ervoor zorgen dat deze mensen zich serieus genomen voelen.'

Olivia onderdrukte de drang om met haar ogen te rollen. Vlak voor ze de deur van het kantoor sloot, kon ze het niet laten om er toch iets van te zeggen.

'Als je wilt dat mensen zich serieus genomen voelen, is het een idee om gewoon op tijd te komen. En als dat niet lukt, bél me dan voortaan verdorie even!' Na die woorden trok Olivia de deur iets harder dan nodig open.

'Goed idee!' hoorde ze Thomas achter haar vrolijk roepen. 'Hé, wat is je nummer?'

'Ze reageert niet eens meer op onze telefoontjes en mailtjes.' Gerda Janssen deed haar verhaal met een stem die nog hoger klonk dan hij zojuist in de hal was geweest. Haar wanhoop deed Olivia denken aan de eindeloze pogingen die ze zelf had ondernomen om contact te leggen met haar ex Lesley, nadat hij met de noorderzon was vertrokken.

Olivia wist meteen hoe mevrouw Janssen zich voelde en ze kreeg medelijden met de vrouw. Thomas keek alsof het gepiep in de stem van zijn cliënt hem helemaal niets deed.

Hij zat voorovergebogen over het document op zijn bureau, zoals hij dat ook had gedaan toen Olivia hem voor het eerst ontmoette. Hij mompelde af en toe wat terwijl hij een pagina omsloeg, om die na een paar seconden weer terug te laten zakken. Zijn gouden pen hield hij stevig tussen zijn vingers. Naast het dossier lag een notitieblok, maar hij maakte geen aantekeningen.

Het viel Olivia op hoe dominant het geluid van de antieke klok was in de stilte van het kantoor. Mevrouw Janssen was inmiddels gestopt met praten en keek Thomas afwachtend aan. Haar echtgenoot keek verveeld om zich heen, hun zoon zat fanatiek te tikken en te swipen op het scherm van zijn smartphone. Olivia vroeg zich af waarom ze de jongen, ze schatte hem rond de dertien, überhaupt hadden meegenomen naar deze afspraak. Zo'n notariskantoor leek haar niet de leukste plek voor een puber om tijd door te brengen.

'Goed,' zei Thomas vanuit het niets zo luid dat de

telefoon van de jongste Janssen bijna door de lucht vloog. 'Ik heb het document uitvoerig bekeken. Als ik het verhaal nog eens even goed op een rijtje mag zetten: uw vader,' Thomas knikte naar mevrouw Janssen, 'is overleden en laat een aardige erfenis na.'

'Minstens een miljoen euro én het huis waarin ik ben opgegroeid,' zei mevrouw Janssen alsof ze een juf was die een kind verbeterde.

'Juist ja, een zeer aardige erfenis. Twee jaar geleden is uw vader in het huwelijk getreden met mevrouw Voorst. Zij...'

'Die heks is alleen maar met hem getrouwd voor zijn geld. Ze wist dat hij ziek was, iedereen wist dat. Mijn vader was tachtig, zij zesentwintig. Gelooft u dat dat liefde is?' Mevrouw Janssen trok haar neus op.

Thomas was even stil. Olivia vroeg zich af of het een stilte was om te voorkomen dat hij iets zou zeggen waar hij spijt van kreeg, of om duidelijk te maken dat hij niet graag onderbroken werd.

'Mevrouw Voorst en uw vader zijn getrouwd in gemeenschap van goederen, hetgeen feitelijk betekent dat, zonder de aanwezigheid van een testament, de volledige nalatenschap van uw vader toekomt aan mevrouw Voorst. Betwist u dat?'

Mevrouw Janssen zuchtte even diep. 'Nee, en ik heb ook geen problemen met die erfenis. Ik ben niet uit op het huis of het geld van pap. Dat mag die... nouja, dat mag zij hebben.'

'Wat is dan precies het probleem?' vroeg Thomas met rustige, maar indringende stem.

'Het schilderij.'

'Het schilderij...' herhaalde Thomas op een toon

waarmee hij duidelijk wilde maken dat niet iedereen de gedachten van mevrouw Janssen kon lezen. Ze begreep de hint.

'Mijn vader mag het voor zijn overlijden dan goed voor elkaar hebben gehad, dat is niet altijd zo geweest. We hadden het vroeger niet heel breed, maar pap was vastbesloten om elk jaar op vakantie te gaan. "Wat heb je anders aan je leven?" zei hij dan. Het hele jaar zat hij bovenop de centen, nergens was geld voor. Maar we konden wél op vakantie, en daar was hij trots op.'

Thomas knikte instemmend, al zag Olivia aan zijn blik dat hij zich afvroeg wat dit te maken had met de erfenis of het schilderij, maar daar kwam vrij snel een antwoord op.

'Onze vakanties waren eigenlijk altijd hetzelfde: drie dagen in een snikhete auto naar de bestemming rijden, beetje dobberen aan het water, een paar keer naar een stad, als we geluk hadden kregen we een ijsje, en dan na twee weken weer drie dagen terug rijden. Pap wilde graag meer. Terrasjes pakken, musea bezoeken, maar het geld was er gewoon niet. Hij kon daar echt van balen, maar voor mij waren het altijd de twee meest magische weken van het jaar.'

'En het schilderij...' mompelde Thomas vragend. Olivia voelde zowel schaamte voor zijn botheid, als respect voor hoe effectief hij op z'n doel afging.

'Ja, toen was er dat schilderij. We liepen door een winkelstraatje en mijn moeder bleef staan voor een etalage. Het bleek een kunstgalerie te zijn, en ze bleef maar staan staren naar schilderij dat er tentoongesteld stond. Alsof het haar gegrepen had.

Ze stond met tranen in haar ogen, maar we begrepen niet waarom. Op dat moment wist ik niet eens of het de lucht moest voorstellen of water, een reflectie van een regenboog of de regenboog zelf. Het schilderij kreeg pas later betekenis voor mij.'

'En toen?' vroeg Olivia. Ze was nu al geïnvesteerd in dit verhaal en ze wilde horen hoe het afliep. En Gerda wilde er duidelijk graag over vertellen, er verscheen zelfs een glimlach op haar gezicht.

'Zoals mijn moeder naar het schilderij keek, keek mijn vader naar mijn moeder. Voor haar deed hij alles. En dus liep hij zonder aarzelen de winkel in en kocht het schilderij, voor omgerekend vijfhonderd gulden.' Ze depte haar ogen met een zakdoekje, waar ze daarna zenuwachtig aan bleef friemelen. 'En dat kón helemaal niet. Ik zal je de details besparen, maar anderhalf jaar lang hebben we de financiële gevolgen gedragen van die beslissing, van die impulsaankoop.'

Het viel even stil. Thomas keek mevrouw Janssen indringend aan. 'En nu wilt u dat schilderij terug?'

'Meer dan u kunt vermoeden, meneer Frank. Het heeft gezorgd voor heel veel ellende, maar niemand heeft daar ooit over geklaagd. Mijn moeder niet, mijn vader niet, zelfs ik niet, al was ik nog te klein om het echt te kunnen begrijpen. Mijn moeder vroeg nooit ergens om, maar dit schilderij? Het betekende iets voor haar. Wat precies, dat kon ze nooit uitleggen, maar voor haar was er een reden om soms uren achter elkaar naar haar cadeau te staren, en ze werd iedere keer weer geëmotioneerd.'

De toon in haar stem werd scherp. 'En nu hangt het in de huiskamer van die heks. Het huis mag ze houden, het geld hoef ik niet, maar dat schilderij is van mij. Dat heeft pap me toegezegd!'

'Kijk, nu komen we ergens,' antwoordde Thomas. Het stoorde Olivia dat hij totaal ongevoelig leek voor het emotionele verhaal van mevrouw Janssen, maar tegelijkertijd besefte ze dat hij hier natuurlijk ook niet zat als psycholoog.

'Is er enig bewijs van die toezegging?'

Mevrouw Janssen opende haar tas en trok er een mapje uit, dat ze even gladstreek voordat ze de inhoud ervan overhandigde aan Thomas. Die hield het papier vlakbij zijn gezicht om het eens goed te bestuderen. Hij mompelde af en toe wat en draaide het document om zodat hij de achterkant kon bekijken, maar daar stond niets. Olivia zag een logo bovenaan het papier staan, maar heel erg officieel zag het er niet uit.

'Het is niet veel, maar het is iets,' zei mevrouw Janssen enigszins verontschuldigend. 'Op de avond voor de bruiloft had ik flinke woorden met mijn vader in het hotel waar we verbleven. Wat een puinhoop was het daar. Wie besluit er nou om te gaan trouwen in een hotel dat middenin een verbouwing zit? Ik denk echt dat hij niet meer helemaal bij zijn positieven was, meneer Frank… ik probeerde hem aan zijn verstand te brengen dat Chantal echt alleen maar uit was op zijn geld, maar hij wilde er niets van weten. Het was de omgekeerde wereld, hij beschuldigde mij ervan uit te zijn op zijn erfenis. Mijn eigen vader!'

Thomas opende de la van zijn bureau, haalde er een blauwe stoffen zakdoek uit en gaf deze aan de snikkende mevrouw Janssen, wiens eigen zakdoekje inmiddels in kleine stukjes op de vloer voor haar stoel lag. Olivia kon zich niet voorstellen dat hij deze zakdoeken zelf waste en er was vast niemand op het kantoor die dat voor hem deed, dus ze probeerde heel hard niet na te denken over hoeveel bacteriën er precies in het stukje stof zouden wonen.

'Het is zo oneerlijk, weet u?' Gerda schokte met haar schouders. 'Je hele leven is die man je vader, en aan het eind herken je hem niet eens meer. Ik heb zo lang voor hem gezorgd na het overlijden van mam. Ik begrijp gewoon niet dat hij niet zag wat Chantal met hem deed. Dat het echt alleen maar om het geld gaat bij haar.'

Thomas knikte begripvol en liet zijn ogen nog eens over het document glijden. 'Wat is nu precies het verhaal achter dit document?' vroeg hij haar.

'Ik heb mijn vader die avond duidelijk gemaakt dat ik niet uit was op zijn erfenis, maar dat ik me zorgen maakte om het schilderij. Dat zij het zou gaan verkopen.' Alleen al het idee dat het schilderij in handen van vreemden zou vallen was al te veel voor mevrouw Janssen en bracht een nieuwe snik teweeg. Olivia's hart ging naar haar uit. Ze moest zichzelf dwingen om op haar stoel te blijven zitten, het troosten van cliënten was niet erg professioneel.

'Is het zoveel waard dan?' wilde Thomas weten.

'Geen idee. Maar alsof die heks dat wat kan schelen. Zij is alleen maar uit op geld en luxe. Wist u dat ze de week na de dood van mijn vader op vakantie is gegaan? Die zit gewoon met haar luie kont op Ibiza. Die feest zich helemaal kapot! Ik zeg het u, ze heeft nooit van mijn vader gehouden. En zodra het geld op is, verkoopt ze alles, inclusief het schilderij. Míjn schilderij!'

Olivia voelde de angst en frustratie van mevrouw Janssen in haar eigen lijf en merkte dat ze haar vuisten onbewust had gebald.

'Pap zei me dat hij teleurgesteld in me was. Dat ik hem zijn geluk niet gunde. Daarna haalde hij een vel papier bij de receptie en schreef dit erop. Hij gaf aan dat dit voldoende zou moeten zijn, maar ik weet het niet... het is maar een velletje papier.'

Nou, dacht Olivia, een briefje van tweehonderd euro was ook maar een velletje papier, maar er zat wel een grote waarde aan.

Thomas legde het vel op zijn bureau. 'Het is geen notarieel document, maar het is handgeschreven, er staat een datum op en het is ondertekend. Uw vader wist wat hij deed, dat scheelt in elk geval.'

Mevrouw Janssen zakte duidelijk opgelucht terug in haar stoel.

'Maar als ik het goed begrijp erkent mevrouw Voorst dit document niet?' vroeg Thomas.

'Die heks weet niet eens dat het bestaat, ze is helemaal niet bereikbaar. Veel te druk met feesten! Ze reageert nergens op: niet op mijn telefoontjes, niet op appjes. En haar voicemail... nouja, luistert u zelf maar.'

Mevrouw Janssen pakte haar telefoon uit haar zak en veegde een paar keer over het scherm, waarna de wektoon uit de speaker kwam, gevolgd door een luide stem.

'Haaaaaai, je girl Chantal hier! Ik kan nu even niet de telefoon opnemen, maar spreek wat in dan bel of app ik je zo snel mogelijk terug. Oh, tenzij je Gerda heet, dan mag je contact opnemen met m'n advocaat. Kusjedoei, later!'

Thomas schoot in de lach, tot duidelijk ongenoegen van mevrouw Janssen.

'Hier is niets grappigs aan!' brieste ze.

'Nee, zeker niet,' herpakte Thomas zich. 'Heeft u al contact gezocht met haar advocaat?'

'Hoe in godsnaam? Ik weet niet eens wie dat is. Als ze er al eentje heeft. Ze neemt gewoon een loopje met iedereen. Waarschijnlijk is het slim als wij zelf een advocaat in de arm nemen, maar ik wilde eerst even aan u vragen of we iets kunnen met dit document.' Mevrouw Janssen leek de wanhoop nabij.

'Absoluut,' stelde Thomas haar gerust. 'Tenzij mevrouw Voorst de echtheid van dit document betwist, maar daarvoor zullen we toch echt eerst in contact met haar moeten komen.'

'Ik zou niet weten hoe,' klonk het verslagen.

'Laat dat maar aan mij over,' antwoordde Thomas voordat hij mevrouw Janssen vroeg het telefoonnummer van Chantal op te schrijven.

Plotseling besefte Olivia dat dit het moment was waarop ze moest ingrijpen. 'Thomas! Je kunt niet zomaar...'

Haar collega stak zijn hand in de lucht om duidelijk te maken dat ze haar mond moest houden.

'We hebben afgesproken dat je....'

Naast het gebaar volgde nu een dwingende blik. Olivia besloot er geen scène van te maken, maar hier was het laatste woord nog niet over gezegd. Ze was hier immers met een reden en ze zou zich hoe dan ook de mond niet laten snoeren door een kerel. Niet meer.

Er klonk een diepe zucht, maar die was niet afkomstig van mevrouw Janssen, noch van Thomas.

'Wil je iets zeggen, Albert?' vroeg mevrouw Janssen aan haar man, die de bron van de zucht bleek. Olivia keek enigszins verbaasd op en bespeurde bij Thomas dezelfde reactie. Ze had het gezin zelf binnengelaten, maar Albert Janssen had niets gezegd en zat zo ver ineengedoken in zijn stoel dat Olivia simpelweg was vergeten dat mevrouw Janssen haar man bij zich had.

'Ik weet het niet Gerda, ik...'

'Ja, zeg het maar gewoon? We zitten hier nu toch.'

'Ik vraag me gewoon af waar we dit allemaal voor doen. Als Chantal dat schilderij wil verkopen, laat haar dan. Wat moeten we ermee? We hebben het geld niet nodig en herinneringen zitten in je hoofd, niet in een schilderij. Het is al die boosheid toch helemaal niet waard?'

Er leek nog net geen rook te komen uit de oren van mevrouw Janssen. 'Albert! 43 jaar lang heb ik mijn vader in mijn leven gehad en 43 jaar lang heb ik van hem gehouden. Je weet dat dat niet altijd makkelijk was. Hij was altijd aan het werk, altijd aan het proberen om ons een beter leven te geven, maar terwijl hij daarmee bezig was, was hij er niet altijd voor ons. Dat schilderij is belangrijk, het herinnert me aan hem, aan mam. Hoe kun je dat nou zeggen? En ik weiger om toe te kijken hoe zo'n jong grietje, dat nog nooit iets voor hem heeft gedaan, mijn herinneringen door het slijk haalt. Dat schilderij is niet van haar. Het zijn míjn herinneringen, niet de hare!'

Olivia wist dat ze in dit vak geen kant behoorde te kiezen, maar in alle eerlijkheid kon ze mevrouw Janssen wel begrijpen. Het moest verschrikkelijk zijn om toe te kijken hoe iemand op die manier misbruik maakte van een ander. Maar ze begreep de wens van meneer Janssen om alles los te laten ook heel goed. Het getouwtrek tussen haar en Lesley had haar energie, geld, en vooral heel veel nachtrust gekost en ze was er uiteindelijk helemaal niets mee opgeschoten.

Terwijl het stel aan het bekvechten was, overigens nog altijd zonder enige inmenging van de zoon, merkte Olivia op dat Thomas zijn telefoon uit de zak van zijn jasje pakte en kort een berichtje stuurde, waarna hij het toestel op tafel legde, wachtend tot het gekibbel voorbij zou zijn. Olivia wierp een blik op haar mobieltje om te zien of hij haar iets van een hint had gestuurd, maar hij had haar nummer nog altijd niet. Toen een minuut of twee later het display van Thomas' mobiel oplichtte en hij het toestel weer in zijn handen nam, leek al het bloed in één klap uit zijn gezicht weg te trekken. Hij stopte zijn telefoon terug in zijn zak en staarde met een lege blik voor zich uit, alsof er verder niemand anders in de kamer was.

'Nou, er is overduidelijk nog een hoop te bespreken,' greep Olivia in. De heer Frank en ik gaan nog even met elkaar in conclaaf, en we laten u zo snel mogelijk weten wat de mogelijkheden zijn.'

Olivia maakte een vriendelijk maar duidelijk gebaar met haar arm, terwijl ze naar de deur liep om deze te openen voor de familie.

Takkegeld! dacht Olivia terwijl ze de deur van het kantoor sloot en de familie Janssen naar de receptie begeleidde. Zodra ze bezig waren om een vervolgafspraak in te plannen bij Elly, schoten

Olivia's gedachten terug naar Thomas. Ze wilde heel graag weten wat hem zojuist zo van streek had gemaakt, maar ze vond niet dat ze hem lang genoeg kende om daar vragen over te stellen. Alles op z'n tijd.

3

Een week geleden had Olivia een sollicitatiegesprek gehad met Waldrick Wolff, die binnen de bedrijfsmuren bekend stond als De Grote Baas. Dat had niet alleen te maken met het feit dat hij bijna twee meter lang was en en de schouders had van een brandweerman, maar het kwam vooral ook doordat hij zich daadwerkelijk gedroeg als de baas, al had hij technisch gezien niets meer of minder over het bedrijf te vertellen dan Thomas.

Aanvankelijk dacht Olivia dat het een grapje was toen ze door een oud-collega op deze baan werd gewezen. Een notaris werd toch niet door een collega met dezelfde rang op het strafbankje gezet?

Ze was toen al geïntimideerd geweest door de enorme man die tegenover haar had gezeten en het vooruitzicht om nu verslag aan hem te moeten uitbrengen over het feit dat Thomas enigszins laat was komen opdagen voor een afspraak, sprak haar niet bijzonder aan. Toch klopte ze, zij het wat aarzelend, op de houten deur van Wolffs kantoor.

Ze stapte de ruimte binnen, die dezelfde houten lambrisering had als Thomas' kantoor, maar dan met foto's van roofvogels aan de muren in plaats van lange planken vol troep... eh... antieke spullen.

Wolff gebaarde dat Olivia moest gaan zitten en vroeg joviaal hoe ze haar baan vond en hoe het ging. Een paar tellen later klonk hij minder hartelijk.

'Een uur te laat?' riep hij op zo'n luide toon dat Olivia de neiging moest onderdrukken om haar handen op haar oren te leggen. Ze hield zichzelf voor dat ze deze baan écht nodig had, het leven was nu eenmaal te duur om zonder inkomen te kunnen. En ook al droomde ze soms stiekem van een zoon die af en toe wat bijdroeg aan het huishouden, Quinten betekende alles voor haar en hij moest ook eten.

Gelukkig had ze in haar leven genoeg ervaring opgedaan met mannen die harder blaften dan ze beten, en ze dacht in te zien dat Wolff ook zo'n exemplaar was.

'Nou, technisch gezien was het drie kwartier, de familie Janssen was wat vroeg,' probeerde Olivia de boel te sussen. Als Thomas zijn baan zou kwijtraken, zou die van haar immers ook op de tocht staan, verwachtte ze. Want haar collega mocht dan technisch gezien dezelfde functie hebben als Wolff, de laatste was de persoon die het bedrijf had opgericht en de zaken zouden gaan zoals hij wilde.

'Een uur, drie kwartier... het kan me geen fluit schelen, mevrouw Bos!' schreeuwde Wolff terwijl hij met zijn handen op zijn rug rondjes liep over een onzichtbaar parcours op het tapijt. Hij hield zijn adem in van woede, waardoor Olivia een angstige blik wierp op de knoopjes van zijn overhemd. Ze deden alles wat ze konden om de stof bij elkaar te houden, maar zagen eruit of ze dat niet lang meer zouden volhouden. Ook de ouderwetse bretels die Wolffs broek omhoog hielden, hadden het zwaar.

Tijdens haar sollicitatiegesprek had Olivia haar best gedaan om er niet gefascineerd naar te staren. Het elastiek stond zo strak gespannen dat Olivia zich zorgen maakte om haar veiligheid. Als die dingen ooit los zouden komen, dan zou niemand binnen een straal van vijf meter dat kunnen navertellen. Sterker nog, de houten schrootjes op de muur zouden worden doorkliefd als boter waar een warm mes doorheen ging.

'We hebben het hier over een notaris, een man die het toonbeeld zou moeten zijn van betrouwbaarheid, stiptheid en punctualiteit. Een beetje te laat komen is onacceptabel, een uur te laat komen is onvergeeflijk!' Wolffs stem klonk iets minder hard, maar nog altijd dreigend.

Onvergeeflijk vond Olivia schromelijk overdreven. Dat soort woorden was beter op zijn plaats geweest als Thomas de hamster van meneer Wolff van de Eiffeltoren zou hebben gegooid, en voor zover ze wist was dat op dit moment niet aan de orde. Onacceptabel, daar kon ze zich wel in vinden, maar ze besloot eieren voor haar geld te kiezen en die discussie nu verder niet aan te gaan.

'U hebt gelijk,' gaf ze dan ook ruimhartig toe. 'Het was ook niet acceptabel en dat heb ik meneer Frank duidelijk gemaakt. Heel erg lang hebben we het er niet over kunnen hebben, de cliënt had al lang genoeg gewacht, maar morgen zal ik dit incident met hem evalueren.'

'Evalueren? Hier valt helemaal niets te evalueren. Op zijn sodemieter moet hij krijgen. Ik vraag me af of hij zich realiseert dat u zijn laatste kans bent.'

Olivia keek meneer Wolff vragend aan.

Wolff leek iets te ontdooien. 'Mevrouw Bos,' zei hij op mildere toon. 'Wij zijn een gerespecteerd notariskantoor, al meer dan veertig jaar.' Hij wees naar de wand, waar naast de foto van een adelaar in duikvlucht een schilderij hing van een aanzienlijk dunnere versie van Waldrick Wolff en een andere man, die een stuk korter was dan hij en een veel vriendelijker uitdrukking op zijn gezicht had. Dat kon bijna niet anders dan meneer van Gelder zijn, de medeoprichter van dit kantoor.

Ze had meneer van Gelder niet gesproken tijdens haar sollicitatiegesprek en ook op kantoor had Olivia hem nog niet zien verschijnen. Ze had het internet afgestruind op zoek naar informatie over deze man, maar had niets over hem kunnen vinden. Ook door de mensen op kantoor en op de site van Wolff & van Gelder werd met geen woord over hem gerept. Nu leek Olivia echter niet het juiste moment om naar hem te vragen, want ze had iets anders aan haar hoofd. Dankzij de actie van Thomas was ze nu ook zelf op het matje geroepen.

'U weet waarom ik u heb aangenomen in deze functie, toch?'

Olivia keek schuldbewust. 'Uiteraard, ik moet ervoor zorgen dat meneer Frank zich aan de regels houdt.'

'Precies,' beaamde Wolff. 'De functieomschrijving van een notaris is namelijk vrij duidelijk. Begrijp me niet verkeerd, meneer Frank weet wat zijn vak inhoudt en zijn menselijkheid en doortastendheid bezorgen ons extra klanten, maar hij gaat soms wel heel erg ver. Een notaris is geen privédetective, geen politieagent en geen advocaat. Zijn reisjes, zijn drang om problemen op te lossen en conflicten te beslechten gooien onze reputatie te grabbel en dat kan niet langer. We worden totaal niet meer serieus genomen binnen het gilde.'

'Met alle respect,' onderbrak Olivia hem, 'is dat dan zo belangrijk?'

Toen ze zag dat Wolff zijn adem inhield bij deze opmerking, voegde ze er gauw aan toe: 'Ik bedoel: ik ben het volledig met u eens, maar als zijn methoden zorgen voor extra inkomsten, dan is dat toch eigenlijk alleen maar goed?'

Dat was duidelijk niet de juiste opmerking om ervoor te zorgen dat hij rustig bleef. 'Deden ze dat maar, bovendien is het kortetermijndenken, mevrouw Bos. Notaris is een beroep dat respect dient af te dwingen, wij hebben een bepaalde status. Een notaris is een onafhankelijk orgaan, niet je beste vriend of je buurman met wie je gezellig een biertje gaat drinken. Wat de heer Frank doet is vragen om problemen. Het is een kwestie van tijd voordat iemand een klacht tegen hem indient en dan zitten wij allemaal met de gebakken peren. Dan hebben we niets aan die extra klanten, áls ze al betalen. Een huisarts krijgt vast ook veel aanloop van nieuwe patiënten als hij bij iedereen koffie gaat drinken, maar dat is niet waar je een huisarts voor nodig hebt én niet waar die voor betaald wordt.'

Olivia kon een glimlach niet onderdrukken, terwijl ze dacht aan hoe Thomas Frank met twee koffie door het raam moest zijn geklommen.

'U vindt dit grappig?' informeerde Wolff.

'Oh, eh nee,' herpakte Olivia zich snel. 'Het is gewoon allemaal nogal… eh… apart.' Haar woorden leken Wolff enigszins te kalmeren.

'Dat is het zeker. Luister,' ging hij verder op aanzienlijk vriendelijkere toon. 'Ik weet dat ik hier de reputatie heb van de boeman. Dat geeft niet. Ik heb dit bedrijf met m'n eigen handen opgebouwd en als het niet goed gaat, dan is dat mijn verantwoordelijkheid en die van mij alleen. Daarom zal ik er alles aan doen om te voorkomen dat de toekomst van dit notariaat in gevaar komt. Ik heb groot respect voor meneer Frank en ik heb het beste met hem voor, anders had ik hem allang uit zijn ambt laten ontzetten. God weet dat ik daar meer dan genoeg munitie voor heb. Meneer Frank is een prima kerel, maar het feit dat hij zoveel heeft moeten doorstaan de afgelopen jaren, is geen excuus om alle regels aan zijn laars te lappen.'

'Moeten doorstaan?' Dit was nieuwe informatie voor Olivia. Wat had Thomas Frank precies meegemaakt?

De houding van Wolff veranderde onmiddellijk, alsof hij zich betrapt voelde. 'Er bestaat zoiets als privacy, mevrouw Bos,' antwoordde hij nors. 'Dat zouden we uitgerekend hier toch moeten begrijpen. Bovendien is het geen koffiepauze, ik moet weer aan de slag. En u heeft ook nog genoeg te doen, dacht ik zo.'

Wolff ging achter zijn bureau zitten en dook in een document dat er lang niet serieus genoeg uitzag om zo aandachtig te lezen, maar Olivia begreep de hint. Ze verliet het kantoor van De Grote Baas en deed de deur zo zacht mogelijk dicht. Zodra deze achter haar in het slot viel, leunde ze er met haar rug tegenaan en zuchtte. Deze baan was absoluut niet hoe ze het verdere verloop van haar carrière voor zich had gezien, maar één ding was zeker: saai zou het in elk geval niet worden.

4

Bij het openen van de voordeur hoorde Olivia het gekraak van de post die verkreukelde onder de deur.

'Quint, kun je in elk geval de moeite nemen om de post van de grond op te rapen als je thuiskomt? Er staat gewoon een voetafdruk op.' Ze raapte de stapel post op van de haveloze mat op de grond. Het was een flinke hoeveelheid brieven deze keer, waarvan ze de helft het liefste niet zou openmaken. Als het kon, zou ze net als haar zoon elke dag over de stapel heen stappen en doen alsof hij niet bestond.

Olivia wist dat haar woorden aan dovemansoren waren gericht, want het was niet de eerste keer dat ze Quinten hierom had gevraagd. Daarbij vond ze het deze keer stiekem niet zo heel erg, want een flinke voetafdruk op een blauwe envelop was een beeld waarin ze zich op dit moment wel kon vinden.

Olivia liep door naar de woonkamer, waar Quinten met een koptelefoon op op de versleten rode bank zat. Zijn gezicht werd verlicht door het scherm van de tv. In de keuken was het donker en ze rook nog geen eten. 'Quint, je zou toch koken?' Zuchtend zette Olivia haar tas op de tafel en ze schopte haar schoenen uit.

'Ja, ga ik doen,' antwoordde haar zoon lusteloos.

'Het is half acht!' riep Olivia verontwaardigd. 'Had je nog geen honger?'

'Niet echt,' klonk het ongeïnteresseerd.

Olivia plofte naast Quinten op de bank en trok de koptelefoon van zijn hoofd. Hij bleef staren naar zijn game.

'Hé.' Nog steeds geen reactie. 'Hé, wat is er met je?' Ze pakte met haar linkerhand zijn kin vast en draaide zijn gezicht naar haar toe. Hij trok zijn hoofd met een pijnlijke blik weg, maar niet helemaal op tijd. Olivia zag een grote schaafwond, die zich uitstrekte van zijn kin tot naast zijn oor.

Ze zuchtte. 'Is het weer zover?'

Quinten haalde zijn schouders op en deed alsof hij nog steeds volledig met zijn game bezig was, maar zijn vingers bedienden de controller met weinig overtuiging en Olivia zag grote rode spetters op het scherm verschijnen. Geen goed teken voor zijn personage.

Olivia bestudeerde zijn gezicht om te schade te bekijken, maar op de schaafwond na leek het verder mee te vallen. Hij bewoog in elk geval te snel en te makkelijk om een hersenschudding te hebben, en zijn gezicht was weliswaar wat gehavend, maar het was niet opgezet of gekneusd. Ze zuchtte diep. 'We hebben het hierover gehad Quint, je moet...'

De jongen onderbrak haar als door een wesp gestoken. 'Ik moet wat? Het gewoon maar laten gebeuren? Niets doen? Jij was er niet bij mam, je hebt geen idee!' Het bleef even stil in de kamer. Hoewel Olivia genoeg opvoedkundige artikelen had gelezen om te weten dat ze niet zo'n toon zou moeten accepteren van haar zoon, begreep ze ook heel goed waar die vandaan kwam en besloot ze het te negeren.

Ze legde een hand op zijn achterhoofd en wreef er even over. Ze liet haar vingers door zijn haren glijden. Hij moest bijna weer naar de kapper. Gelukkig had ze nu een baan. Zijn kapsel kon het vast nog wel even uitzingen totdat haar eerste salaris was gestort.

'Nouja, wat gebeurd is, is gebeurd,' verzuchtte ze.

'Gaat het een beetje?'

'Jawel,' antwoordde de jongen, 'het brandt alleen en het trekt als ik mijn gezicht beweeg.' Om het toe te lichten, vertrok hij zijn gezicht in een paar gekke grimassen, maar hield daar met een korte 'au' gauw weer mee op.

'Ik zal even wat ijs pakken.' Olivia stond op, gaf hem een klopje op zijn knie en liep richting de keuken.

'En pizza?' riep Quinten haar vragend na.

'Dat helpt niet tegen de pijn.'

'Nee maar wel tegen de honger!' grijnsde hij scheef terwijl hij achterom keek vanaf de bank.

Het was die guitige kop in combinatie met zijn vermogen om alles luchtiger te maken met een grapje, dat ervoor zorgde dat Olivia maar moeilijk boos kon worden op die jongen. Ja, hij droeg verdraaid weinig bij in huis, op school ging het allesbehalve fantastisch en hij woonde praktisch achter zijn PlayStation, maar zijn hart zat op de goede plek. Hij kwam voortdurend in de problemen met zijn goede intenties, maar vooral gaf hij haar een reden om door te gaan.

Niet lang nadat Lesley was vertrokken, had Olivia het niet meer zien zitten. Ze had geen geld, geen werk, geen contact meer met haar familie, en haar relatie was naar de knoppen. Elke dag had ze woorden met Quinten en 's avonds, als ze als een zombie naar de televisie zat te kijken, vroeg ze zich af waar ze het allemaal nog voor deed. Of het niet gewoon beter was om te verdwijnen. De avond dat ze dit daadwerkelijk overwoog, schrok ze zo van haar eigen gedachten dat ze besloot dat dit het dieptepunt was.

Ze had regelmatig bij haar psycholoog in tranen gezeten over haar relatie met Quinten, over zijn problemen en het feit dat ze zichzelf geen goede moeder vond, en die had gezegd dat ze niet zo streng moest zijn voor zichzelf. Dat ze zich vooral moest afvragen of haar zoon op weg was om een goed mens te worden. De schrammen op zijn gezicht en armen waarmee hij regelmatig thuis kwam, waren daar het bewijs van en dus had Olivia die avond besloten om niet langer te proberen de perfecte moeder te zijn, niet eens één van de beste. Ze besloot niet meer te hameren op school en op levensdoelen, maar om er simpelweg samen het beste van maken met het kleine beetje dat ze hadden.

Dat had alles veranderd. Ze waren er niet gezonder op gaan eten, het was niet beter gegaan op school met Quinten, maar ook niet slechter. Boven alles, op wat gemopper na, was het vooral weer gezellig in huis en had Olivia, en in haar ogen ook Quinten, het gevoel dat ze niet meer alleen was. Dat ze een medestander had in haar leven, in plaats van een tegenstander.

En dus haalde ze vanavond niet alleen ijsblokjes uit de vriezer, maar ook een pizza. De derde al deze week. Terwijl ze wachtte op de oven, keek ze naar haar zoon, die probeerde om tegelijkertijd een theedoek met ijs tegen zijn wang te houden en een game te spelen. Haar gedachten dwaalden af naar de gebeurtenissen eerder die dag.

Op basis van wat Olivia had gehoord van Thomas Frank, had ze hem bij voorbaat al een onaardige kwal gevonden die simpelweg geen respect had voor regels en protocollen. En hoewel ze hem vandaag ook écht een emotieloze hark vond tijdens het gesprek met de Janssens, had ze ook gezien dat hij daadwerkelijk wilde uitzoeken hoe de vork in de steel zat om ze te helpen. Het was ongepast en absoluut niet zijn taak, maar als mens maakte dat hem veel sympathieker dan hoe hij door Wolff was afgeschilderd.

De opmerking die Wolff had gemaakt over de geschiedenis van haar collega bleef Olivia daarnaast bezighouden. Blijkbaar was hem iets ergs overkomen, zo erg zelfs dat het een ander mens van hem had gemaakt, eentje die het niet zo heel nauw nam met de regels. Het bericht dat hij op zijn telefoon had gekregen liet Olivia ook niet los. Ze kende Thomas Frank nog maar kort, maar sinds ze hem had ontmoet, had hij zijn telefoon nog maar twee keer in zijn handen gehad. En waar een oprecht verdrietig verhaal over een schilderij hem totaal niets leek te doen, raakte hij van een bericht op zijn telefoon ontdaan. Al deed het koffie-incident van vanmorgen Olivia vermoeden dat het net zo goed een bericht van Netflix had kunnen zijn met de mededeling dat zijn favoriete serie zou worden verwijderd terwijl hij pas bij seizoen drie was. Wat het ook was, het hield Olivia genoeg bezig om de pizza te laten aanbranden.

5

'En, weet je al waar je zin in hebt?' Thomas' stem klonk ongeduldig. Olivia liet haar ogen nog een laatste keer over de kaart gaan. Inmiddels was de ober naast hun tafel komen staan en ze voelde zich een tikje opgejaagd. Ze maakte snel een keuze. 'Voor mij graag een salade met geitenkaas. Wat neem jij?'

'Meneer Thomas gaat voor de oerbol pikante kip,' antwoordde de ober voordat Thomas zijn mond had kunnen opentrekken. Hij liet zijn notitieblokje zien, waarop al in hanenpoten 'oerb pik kip' stond, met een streepje ernaast geturfd.

Met een veel te trotse glimlach zat haar collega aan tafel, terwijl hij een blik uitwisselde met de ober. 'Ik kom hier regelmatig,' legde hij aan Olivia uit.

Dat had ze inderdaad opgemaakt uit het tafereel dat zich zojuist had afgespeeld.

'Ik vind de sfeer hier prettig, het heeft de gezelligheid van een bruin café, maar de ruimtelijkheid van een duur restaurant en de bediening is altijd vriendelijk.'

Olivia keek om zich heen. Ze was al een paar keer langs lunchroom Le Corridor gelopen, maar had nooit de behoefte gehad om daar naar binnen te gaan. Ze deelde Thomas' mening niet bepaald. Dat de mensen aardig waren, wilde ze best geloven, maar ze vond het maar een donkere, ongezellige tent. Door het balkon dat boven de ingang hing, kwam er vrijwel geen licht naar binnen. Niet dat ze daar iets van vond, dit soort plekken moest ook z'n vaste klanten hebben, maar ze ging vrijwel nooit uit eten, dus als ze dat al een keer deed, dan ging ze het liefst naar een plek met muziek, veel licht, en iets meer kleur dan bruin, lichtbruin, donkerbruin en grijs.

'Vind je dit niet heel erg zonde?' vroeg ze aan Thomas, die nog steeds erg tevreden leek te zijn met zijn status van bekendheid binnen dit restaurant.

'Zonde?'

'Ja, we hadden toch ook gewoon een broodje kunnen eten op kantoor?'

'Dat had zeker gekund. Maar ik wil vandaag even uitzoeken hoe het nu precies zit met de familie Janssen en "de Heks".' Thomas tekende aanhalingstekens in de lucht met zijn vingers, en wiebelde met zijn wenkbrauwen om de nadruk te leggen op de niet erg geliefde status die Chantal had bij de Janssens.

'Nou, dat lijkt me duidelijk,' antwoordde Olivia voor ze er erg in had.

Thomas keek haar bedenkelijk aan. 'Een verhaal heeft altijd twee kanten, Bos.'

'Olivia,' verbeterde ze hem. 'En dat weet ik, maar zo heel moeilijk is het toch niet om te zien hoe dit verhaal in elkaar steekt? Mooie jonge vrouw trouwt met rijke man die met één been in het graf staat, en feest er daarna op los.'

'Aannames zijn levensgevaarlijk, Bos.'

Keek hij nou geamuseerd? Olivia wist niet of hij nou serieus was of haar voor de gek hield.

'Dit zijn niet zomaar aannames hoor, heb je haar foto's op Instagram gezien?'

Thomas keek haar aan alsof Olivia zojuist een bord met gemarineerde vogelspinnen voor zijn neus had gezet en hem dwong ze tot op het laatste harige pootje op te eten.

'Oh, wacht, jij bent natuurlijk zo iemand die

Instagram een wanstaltig medium vindt, of niet?'
Olivia rolde gespeeld overdreven met haar ogen en
viste tegelijk haar telefoon uit haar tas.

Thomas fronste zijn wenkbrauwen. 'Het is niet
aan mij om daarover te oordelen. Als mensen er
blij van worden om foto's te plaatsen van vakanties
waarvoor ze maanden krom moeten liggen, met
mensen die ze na een paar dagen al zat zijn en een
glimlach die verhult dat ze eigenlijk doodongelukkig
zijn en dit alleen maar posten omdat ze hun
eigenwaarde koppelen aan het aantal likes dat ze
krijgen van mensen die ze niet kennen, dan moeten
ze dat vooral doen. Maar mij zul je er niet vinden.'

Olivia was inmiddels al een beetje gewend geraakt
aan de norse kant en de rechtlijnigheid van haar
collega, en vond zijn felle betoog tegen Instagram
vooral erg grappig. 'Kijk,' zei ze dan ook totaal niet
onder de indruk van zijn mening, terwijl ze haar
stoel naar hem toe schoof en haar telefoon voor zijn
neus op tafel legde. Thomas keek haar verbaasd aan.

'Hoezo leek jou dit een goed idee?' zei hij, terwijl
hij de ene na de andere halfnaakte foto over het
scherm zag flitsen toen Olivia door Chantals tijdlijn
scrolde.

'Jij hebt het over aannames, maar zeg nou zelf.
Tien posts van meerdere foto's in twee dagen tijd,
allerlei verschillende mannen. Het ziet er niet bepaald
uit alsof ze heel erg in de rouw is, of wel?'

Thomas reageerde nauwelijks. Olivia bleef haar
vinger over het scherm van haar telefoon bewegen
en de foto's van Chantal Voorst in bikini's die steeds
iets verder krompen en haar huid die steeds bruiner
werd, bleven maar komen. Designerzonnebrillen

en drankjes met parapluutjes vormden steevast de accessoires op de foto's en er was geen afbeelding te vinden zonder palmboom of turquoise strand op de achtergrond.

'Kom op Thomas, jij moet toch ook zien hoe dit zit?'

'Een verhaal heeft altijd twee kanten, Bos,' herhaalde Thomas zijn eerdere opmerking.

'Ja, een voorkant en een achterkant die ik met vijf keer per week in de sportschool nog niet voor elkaar zou krijgen,' klaagde Olivia terwijl ze haar telefoon weer terug stopte in haar tas.

Thomas zag dat Olivia wat ongerust keek. 'Laten we haar nog een keer proberen te bellen,' stelde hij daarom voor en hij toetste wat in op zijn telefoon.

'Haaaaaai, je girl Chantal hier!' schalde een stem uit de speaker. Olivia kromp een beetje in elkaar bij de herrie en hoopte dat de mensen die in de buurt zaten te eten er geen last van hadden. Een paar mensen keken even om en richtten zich toen weer op hun bord of hun gesprekspartner. 'Ik kan nu even niet de telefoon opnemen, maar spreek wat in dan bel of app ik je zo snel mogelijk terug. Oh, tenzij je Gerda heet, dan mag je contact opnemen met m'n advocaat. Kusjedoei, later!'

Wederom kon Thomas een glimlach niet onderdrukken. Olivia vond er weinig grappigs aan, het was alsof Chantal in het gezicht van de familie Janssen spuugde. Alsof ze nog niet genoeg hadden meegemaakt sinds zij zich in hun leven had gewroet.

'Goed, de advocaat dus,' mompelde Thomas, totaal niet bezig met het feit dat hij misschien mensen gestoord had tijdens hun lunch.

'We weten alleen helemaal niet wie dat is!'

'Zo moeilijk is dat niet om uit te zoeken. Wil jij Elly vragen of ze er even voor me induikt? Dan bel ik vanmiddag even.'

Hij had er blijkbaar veel vertrouwen in dat Elly binnen een mum van tijd informatie kon opdiepen die de advocaat van de Janssens niet eens had kunnen vinden. Olivia viste haar telefoon opnieuw uit haar tas en begon een berichtje naar Elly te typen. Het was fijn om tenminste één iemand op kantoor te kunnen bereiken. Van Wolff had ze geen nummer, Thomas nam nooit zijn telefoon op en reageerde niet op appjes. Als Elly de Mol niet werkzaam was geweest bij Wolff & Van Gelder, dan had Olivia zich volledig verloren gevoeld tijdens haar eerste dagen hier.

Elly was de office manager en de secretaresse van Wolff, al had Olivia het idee dat slechts één van de twee functies haar eigenlijke baan was. Ze was zonder twijfel het hart van het bedrijf en ze zorgde voor iedereen alsof ze hun moeder was. Elly hoorde alles, Elly wist alles, Elly deed alles, maar je wilde haar niet als vijand hebben, dat was Olivia al snel duidelijk geworden. Ze zat misschien tegen haar pensioenleeftijd aan, maar ze was nog zo scherp als wat en had honderden connecties en ze was niet bang die te gebruiken.

Het was ook al vrij snel geen geheim meer voor Olivia dat Elly weliswaar veel klusjes deed voor Wolff, maar ondertussen Thomas de hand enorm boven het hoofd hield. Aan Olivia dus de onmogelijke taak om te doen wat haar werkgever van haar vroeg, maar ondertussen de spil van het bedrijf te vriend te houden.

'Waarom doen we dit eigenlijk?' vroeg ze, nadat ze haar mobiel weer had teruggestopt in haar tas.

'Omdat ze hier geweldige lunches hebben, en ik als het even kan wil vermijden dat Wolff zich met deze zaak komt bemoeien. Weet je hoeveel plek er in mijn kantoor is om stiekem een microfoontje op te hangen?'

Thomas zei het als grapje, maar Olivia vroeg zich toch even af of hij er niet daadwerkelijk bang voor was. Ze stelde zich de kasten vol snuisterijen voor en kon niet anders dan het eens zijn met het feit dat er een heleboel verstopplekken aanwezig waren, al twijfelde ze erg aan het idee dat Wolff zijn collega daadwerkelijk zou afluisteren. Het was haar nog steeds niet altijd duidelijk of Thomas een grapje maakte of niet.

'Dat bedoel ik niet,' zei Olivia, al moest ze toegeven dat ze wel wat moeite had met het gemak waarmee Thomas uit lunchen ging op kosten van de zaak. Het stond zo in contrast met haar eigen situatie, dat ze ongemakkelijk werd van het idee dat ze dit waarschijnlijk nog veel vaker zouden doen. 'Waarom duik je zo in deze zaak, als je weet dat het je in de problemen gaat brengen? De Janssens zijn niet eens officieel cliënt van ons. Wat schiet het kantoor hiermee op?'

'Ik heb werkelijk geen idee,' antwoordde Thomas triomfantelijk. Hij trommelde wat met zijn vingers op het tafelblad.

Olivia had op haar beurt geen idee wat ze hierop moest antwoorden, maar de frustratie was blijkbaar van haar gezicht af te lezen want Thomas schoof zijn stoel aan en leunde naar voren.

'Toen je een berichtje kreeg van meneer van Luit, over een mogelijke nieuwe baan, had je toen gedacht dat je die baan zou krijgen?'

Olivia aarzelde even. 'Eh... nee, niet echt.'

'Exact,' ging Thomas verder. 'Je zat in de financiële problemen, had geen zicht op een betere toekomst en geen idee wat je daaraan moest doen. De brieven van de Belastingdienst bleven zich maar opstapelen en je kwam steeds verder in de nesten. Je man was met de noorderzon vertrokken omdat de verantwoordelijkheden van een relatie, een kind en een vast woonadres hem de bibbers gaven en liet jou met de gebakken peren zitten.'

Ze stond met haar mond vol tanden. Hoe wist Thomas dit? Had hij in het geheim onderzoek naar haar gedaan? Ze had tijdens haar sollicitatiegesprek met Wolff eerlijkheidshalve verteld dat ze deze baan heel hard nodig had, maar zo specifiek was ze nou ook weer niet geweest over haar financiële situatie.

Ze had helemaal niemand verteld dat ze weliswaar heel goed was opgevoed op financieel gebied, maar dat de instanties erg onflexibel waren en al helemaal als ze wisten dat er niets te halen was.

Haar vader had haar geleerd dat als je bij problemen meteen aan de bel trekt, je altijd wordt geholpen. In sommige gevallen misschien, maar Olivia leerde al snel dat dat bij financiële problemen in de praktijk niet altijd is hoe de wereld werkt.

Toen Lesley verhuisd was omdat monogamie minder bij hem paste dan hij aanvankelijk gedacht had en hij erachter kwam dat het vaderschap meer inhield dan af en toe een rondje wandelen met een kinderwagen en praatjes aanknopen met vrouwen op straat, was hij vergeten zich uit te schrijven als bewoner van haar huis. Als gevolg daarvan besloot de Belastingdienst dat de toeslagen die ze had aangevraagd en ontvangen onterecht waren, ze was officieel gezien immers niet de enige volwassen bewoner van het pand. Ze moest dus alles terugbetalen. Wat volgde was een ellenlang getouwtrek met de gemeente en de fiscus, afgewisseld met pogingen om Lesley te bereiken, die van de aardbodem verdwenen leek.

Toen hij maanden later op de stoep stond, met zijn nieuwe vriendin van begin twintig, een chihuahua in een schoudertas en een PlayStation voor Quinten, had Olivia niet meer de energie gehad om hem met alles te confronteren. Het ging hem niets aan dat ze in paniek bij zijn beste vriend voor de deur had gestaan, die ze tot voor kort nog als hún beste vriend had beschouwd. Dat ze haar kind had moeten vertellen dat zijn vader ervandoor was gegaan omdat hem dat beter uitkwam.

Gelukkig leek Quinten vrede te hebben met de situatie. Hij had in eerste instantie amper gereageerd toen Lesley ineens weer voor zijn neus stond. Zelfs de PlayStation had hij geen blik waardig gekeurd, al was dat vooral een act gebleken. Zijn vader was nog niet weg of hij was niet meer bij dat ding vandaan te krijgen geweest.

Ergens had Olivia het gevoel dat Quinten het haar kwalijk nam dat zijn vader weg was gegaan, maar haar psycholoog had haar ervan verzekerd dat dit gedrag voor een - destijds - dertienjarige heel normaal was in een situatie als deze. Ze liet zich vertellen dat ze hem vooral niet moest dwingen om te praten, hij zou vanzelf wel naar haar toe komen. Maar Quinten was inmiddels vijftien en van een gesprek was het nog steeds niet gekomen. Misschien was haar zoon gewoon te druk met school, of eigenlijk met manieren te vinden om school te omzeilen zonder gepakt te worden, en Olivia had haar handen vol aan de financiële afgrond waar ze op af stevenden.

'Had je enig vermoeden dat je een week later in dit gezellige restaurant zou zitten, genietend van een salade geitenkaas, met een mooi salaris én een fantastische collega?' haalde Thomas haar terug uit haar overpeinzingen.

'Elly is inderdaad geweldig,' antwoordde Olivia gevat, niet zeker wetend of Thomas beschikte over een enorme dosis zelfspot of dat hij écht zo'n hoge pet op had van zichzelf. 'Maar, om je vraag te beantwoorden: nee, dat had ik niet.'

'Waarom heb je dan gereageerd op dat bericht?'

'Nou, omdat ik hoopte dat het wat zou worden natuurlijk. Je weet maar nooit, toch?' Ze voelde zich te goed om toe te geven dat ze alles zou hebben aangepakt dat haar weer terug kon brengen naar haar studierichting. Werken bij een supermarkt was prima geweest toen Quinten klein was zodat ze de ochtenddiensten kon draaien om er 's middags voor hem te zijn als hij uit school kwam, maar inmiddels was ze klaar voor iets met meer uitdaging.

'Exact, je weet maar nooit,' vulde Thomas haar aan. 'Er komt iets op je pad, je gaat ervoor of je gaat er niet voor. Je hebt geen idee of het je brengt wat je zoekt, maar je hoopt er in elk geval op. Ik weet van tevoren nooit precies wat het oplevert, maar uiteindelijk komt er altijd iets uit.'

Olivia dacht even na over dat antwoord. 'En wat zoeken we dan precies in dit geval?'

'De waarheid,' antwoordde Thomas. 'Ik heb nogal een dingetje met de waarheid, moet je weten. In mijn beroep draait het vooral om aktes en documenten. Handtekeningen, verklaringen, alles om ervoor te zorgen dat documenten rechtsgeldig zijn en dat zaken geregeld zijn zoals mensen ze geregeld willen hebben. De waarheid speelt daarin meestal niet zo'n heel relevante rol, alleen wat is vastgelegd. Of het nu eerlijk is of niet. En daar ben ik het niet altijd mee eens.'

'Maar dat is toch gewoon onze taak? Het is toch niet aan ons om te bepalen waar iemand recht op heeft? Als je dat denkt, dan begrijp ik helemaal waarom Wolff me deze opdracht heeft gegeven.'

Even verwachtte Olivia dat Thomas boos zou worden om haar opmerking, maar hij oogde kalm en tevreden. 'Documenten bepalen waar iemand recht op heeft, dat klopt. Ik kijk alleen graag even iets verder. Het codicil van mevrouw Janssen bijvoorbeeld. Als dat document niet boven water was gekomen, als zij om wat voor reden dan ook niet in staat zou zijn geweest om hierover te communiceren, dan had zij niet gekregen waar zij volgens dat document recht op heeft.'

'Oh, dus je staat wél aan haar kant.'

'We zijn niet bij een voetbalwedstrijd, Bos, wij kiezen geen kanten. Als notaris ben ik onafhankelijk en onpartijdig. Maar áls ik al aan een kant sta, dan is het aan die van de waarheid en ik ben van mening dat, ook al staat het niet in mijn functieomschrijving, ik het mijn cliënten en in mindere mate ook mezelf verplicht ben om te ontdekken wat die waarheid is. Ik moet de belangen van alle betrokkenen behartigen, en ik vind dat de waarheid daarin een cruciale rol speelt.'

'Zelfs als het je je ambt kost?'

'Misschien juist als het mij m'n ambt kost.'

Olivia begreep niet precies wat hij daarmee bedoelde, maar het werd haar inmiddels wel duidelijk dat deze man het haar allesbehalve makkelijk zou gaan maken. Tegelijkertijd moest ze toegeven dat zijn behoefte aan de waarheid ook een zekere charme had, al zou dat ook iets te maken kunnen hebben met die twee blauwe ogen die haar zonder enig spoor van twijfel of onzekerheid aankeken.

'Weet je? Ik denk dat je misschien beter privédetective had kunnen worden.'

'Wellicht.' Thomas haalde zijn schouders op. 'Maar ik ben nou eenmaal notaris.'

* * *

'Juist ja.' Thomas knikte. Hij hing inmiddels al zo'n tien minuten met de advocaat van Chantal Voorst aan de lijn en Olivia kon uit zijn antwoorden noch zijn gezichtsuitdrukkingen opmaken hoe dat gesprek verliep. Ze stelde zich voor hoe, als ze getrouwd was met Thomas Frank, hij wachtte op een belangrijke uitslag van de dokter. Hij zou dat gesprek waarschijnlijk op exact dezelfde manier voeren en haar geen enkele hint geven tot hij had opgehangen. Doodnerveus zou ze ervan worden.

Tijdens haar eerste ontmoeting met deze man had ze hem nors en oppervlakkig gevonden. Niet veel later had ze gedacht dat hij niets anders was dan een koelkast, die zijn emoties voorgoed had geparkeerd in de diepe krochten van zijn ziel. Inmiddels wist ze dat er iets anders aan de hand was met Thomas. Wat het precies was, daar kon ze haar vinger nog niet op leggen, maar voor een persoon zonder emoties gaf hij veel te veel om anderen en deed hij veel te hard zijn best. Maar waarom hij dat dan verborg?

Misschien was hij het soort ouderwetse man dat van mening was dat mannen geen gevoel mochten hebben. Als ze zou moeten afgaan op zijn kledingsmaak, de eeuwige donkerbruine pantalon met daarboven een giletje in dezelfde kleur over een crème wit overhemd, dan zou die theorie zeker kunnen kloppen. Toch kon Olivia Thomas niet in dat hokje stoppen. Sterker nog, hij leek in geen enkel hokje te passen, en dat maakte hem zowel een frustrerend persoon om mee om te gaan als enorm mysterieus.

Thomas Frank kon je soms strak in je ogen aankijken en als hij dat deed, dan voelde het alsof hij je gedachten kon lezen. Oké, en een beetje alsof je in zijn armen wilde springen, maar dat was nou net iets dat niet in Olivia's functieomschrijving stond en wel heel onprofessioneel zou zijn in haar eerste werkweek. Bovendien was hij getrouwd, had ze opgemaakt uit zijn eerdere opmerkingen.

'Bos?'

Olivia was zo in gedachten verzonken geraakt dat ze niet had gemerkt dat Thomas de telefoon had opgehangen en tegen haar sprak.

'Mijn naam is Olivia,' probeerde ze voor de zoveelste keer.

'Dat weet ik,' pareerde Thomas vrolijk, 'maar Wolff heeft je hier neergezet om mij in de gaten te houden en "de oppas" vond je overduidelijk geen prettige naam. Je moet toch een beetje de baas spelen, dus Bos leek me een prima oplossing.'

'Los van het feit dat die Boss met twee s'en is,' stribbelde Olivia tegen.

'Zeker, maar je bent ook niet echt de baas hè. Daarom ben je niet de Boss, maar gewoon Bos.'

Thomas vond dit overduidelijk erg grappig. Olivia besloot om er verder geen punt van te maken. Stiekem vond ze het eigenlijk wel leuk om een bijnaam te hebben, die had ze nooit eerder gehad. En inderdaad, alles was beter dan "de oppas".

'Ik heb zojuist de heer Walraven gesproken, aardige kerel trouwens, en hij is niet op de hoogte van het bestaan van een codicil. Volgens zijn gegevens is mevrouw Voorst getrouwd in gemeenschap van goederen.'

'Dat vormt niet per definitie een probleem, toch?' Olivia was zelf geen notaris, maar had wel haar opleiding bijna volledig voltooid en voor zover zij wist was een codicil gewoon rechtsgeldig, zolang het met de hand geschreven was, een datum bevatte en ondertekend was, wat in dit geval zo leek te zijn.

'Zeker niet,' antwoordde Thomas, 'maar als mevrouw Voorst de echtheid van dit codicil in twijfel zou trekken, dan ligt de bewijslast daarvan wel bij de familie Janssen.'

'En doet ze dat?'

'Dat is de vraag. De heer Walraven probeert nu contact met haar op te nemen, al is zij ook voor hem lastig te bereiken op het moment.'

Olivia voelde haar afkeer ten opzichte van Chantal Voorst met de minuut groeien. Ze begreep niet hoe iemand zo met mensen om kon gaan en al helemaal niet hoe je zó koud kon zijn dat je zo makkelijk over het overlijden van je echtgenoot heen kon stappen, zelfs als je misschien niet echt van hem gehouden had. Ze moest denken aan iets dat haar vader haar had bijgebracht. "Zolang je je niet kunt verplaatsen in slechte mensen, mag je trots zijn op jezelf. Zodra je gaat begrijpen waarom ze doen wat ze doen, ben je al iets meer geworden zoals zij."

Het was typisch iets voor haar vader om mensen in te delen in niet meer categorieën dan goed en slecht, maar los daarvan had hij wel degelijk een punt. Het was maar beter dat ze mensen als Chantal Voorst niet kon begrijpen. Hoe minder ze van haar begreep, hoe beter.

'En nu?' Olivia hield niet van onduidelijkheid en wilde graag de vervolgstappen in kaart brengen.

'Nu is het tijd om de Donald Duck te lezen. Die is net bezorgd en het is een vervolgverhaal van vorige week.'

Olivia dacht dat Thomas een grapje maakte, maar hij toverde het tijdschrift daadwerkelijk uit zijn tas, legde zijn voeten op het bureau en begon te lezen.

Deze man… verzuchtte ze in gedachten, waarna ze de deur van zijn kantoor achter zich dichttrok.

6

Olivia was niet snel overmand door emoties, maar nu stond het huilen haar nader dan het lachen.

'Ik snap hier niets van,' uitte ze verbolgen. 'Ik heb een goede baan, ik heb perspectief, waarom gaan jullie hiermee door?' Dit voelde zó oneerlijk dat ze moeite had haar tranen te bedwingen. De afgelopen twee jaar waren voor Olivia op financieel gebied geen achtbaan geweest, het voelde meer als een glijbaan: consistent naar beneden, recht op de afgrond af, zonder loopings hier en daar om een klap te kunnen opvangen.

Vlak voordat ze het gevoel had onderaan de glijbaan te pletter te slaan, appte Jasper, een oud-collega van het kantoor waar ze werkzaam was voor ze Quinten kreeg, haar over deze baan. De avond daarvoor had ze in pure wanhoop al haar oude collega's en studiegenoten een berichtje gestuurd met de vraag of ze haar konden helpen. Vrijwel niemand had gereageerd, maar Jasper, van wie ze eigenlijk geen hulp had verwacht, kwam met de gouden tip. Natuurlijk was dit niet haar droombaan, maar het was wel haar kans om haar loopbaan weer nieuw leven in te blazen en vooral om het financiële onheil dat haar stond te wachten af te wenden. Al bleek dat dus nu niet helemaal het geval.

Toen ze in de gaten kreeg dat ze binnenkort haar hypotheek niet meer zou kunnen betalen, had ze direct contact opgenomen met de bank, zoals ze had meegekregen van haar vader. Ze had van de bank veel antwoorden verwacht, maar niet het antwoord dat ze kreeg: 'Zolang u blijft betalen, kunnen we u helaas niet helpen.' Olivia voelde zich letterlijk gestraft voor het feit dat ze al die tijd netjes aan haar verplichtingen had voldaan, terwijl het water haar aan de lippen stond.

'En wat als ik dat niet meer kan?' had ze gevraagd.

'Dan komt uw dossier te liggen bij bijzonder beheer en kunnen we gaan kijken wat de mogelijkheden zijn.' De vrouw aan de andere kant van de lijn klonk alsof ze een standaard riedeltje afdraaide, zonder emoties, alsof ze intussen alvast nadacht over wat ze vanavond wilde gaan eten, of haar nagels zat te vijlen.

'Maar waarom kunnen we daar nu niet naar kijken? We gaan toch niet wachten tot ik in de problemen zit?' Olivia was de wanhoop nabij.

De vrouw aan de telefoon legde verveeld uit dat ze niets voor haar kon betekenen, omdat haar dossier geen bijzondere status had. Pas als ze serieus achter zou gaan lopen en de aanmaningen zich zouden opstapelen, kon de bank stappen gaan ondernemen.

'Dus u zegt dat ik me eerst in de nesten moet werken voordat jullie me willen helpen?'

'Op die manier zult u me dat niet horen zeggen,' reageerde de vrouw op een toon waarmee ze duidelijk maakte dat dat precies was wat er aan de hand was.

Maar Olivia had het niet over haar hart kunnen verkrijgen. Het was niet hoe ze was opgevoed en het moedwillig niet betalen van rekeningen was simpelweg niet zoals ze was. En dus bleef ze keurig haar hypotheek betalen tot het écht niet meer ging.

Er volgde een herinnering, nog een herinnering, en de toon veranderde vrij snel van vriendelijk dwingend naar onprettig dreigend. Nu was Olivia dergelijke juridische taal wel gewend, maar daardoor wist ze ook precies in hoeveel problemen ze zat.

Ze had netjes contact opgenomen met de bank en inderdaad, haar dossier werd doorgeschoven naar de afdeling bijzonder beheer, al was ze daar niet direct mee geholpen.

Olivia had van haar vader geleerd dat, als je op tijd aan de bel trekt, je altijd wordt geholpen. Alleen het leven had Olivia vervolgens geleerd dat dat alleen zo is als je financieel ook enigszins perspectief hebt. Als er niets bij je te halen valt, is hulp ver te zoeken. Althans, zo had zij het ervaren.

De bank had haar aangeboden om de hypotheek te bevriezen, hetgeen betekende dat de schuldenlast niet verder zou oplopen en de niet-aflatende stroom aanmaningen per direct zou ophouden. Dat had heel even rust gegeven, maar de bank deed dat natuurlijk niet uit de goedheid van haar hart. De keerzijde was dat haar huis zo snel mogelijk verkocht moest worden, tegen een prijs die voor de bank acceptabel was. Dat was niet wat Olivia had gewild. Haar huis was niet groot en er moest ontzettend veel aan gebeuren, maar het was wel het huis waarin Quinten was opgegroeid en waarin ze, voor zo kort als het mocht duren, een hele bijzondere tijd had beleefd met Lesley. Ze wilde dat niet zomaar achterlaten. Maar wie niet de financiële middelen had, had helaas ook geen keus.

Olivia had zich neergelegd bij het feit dat ze het huis zou gaan verliezen, maar had daarnaast ook nog haar problemen met de Belastingdienst. Het was dan ook een blauwe brief die haar over het randje duwde en die ervoor had gezorgd dat ze het wanhoopsbericht naar al haar oude collega's en studiegenoten had gestuurd. Dat er daadwerkelijk een baan uit zou komen had ze eerlijk gezegd niet verwacht, maar toen dat wel zo was, had ze onmiddellijk nieuwe hoop voor de toekomst. Want met deze baan kon ze haar hypotheek betalen, de belastingschuld aflossen en konden zij en Quinten hier blijven wonen.

Althans, dat is wat Olivia in eerste instantie had gedacht. De bank dacht daar helaas heel anders over. Tien minuten geleden had ze heel enthousiast de telefoon gepakt om haar contactpersoon bij de bank te bellen en het goede nieuws over haar nieuwe baan te vertellen. Ze had, naar haar idee heel slim, een paar dagen gewacht om te voorkomen dat ze niet alles in werking ging zetten om vervolgens te ontdekken dat haar nieuwe baan toch niets voor haar was. En juist die paar dagen leken haar nu de das om te doen, want Olivia kreeg aan de telefoon te horen dat de bank inmiddels stappen had gezet om het huis te verkopen en dat dit betekende dat er geen weg meer terug was.

Voor het eerst in haar leven beëindigde Olivia een telefoongesprek zonder gedag te zeggen. Middenin het gesprek verbrak ze zomaar de verbinding. Omdat niemand haar hielp, omdat dit ongelooflijk oneerlijk was, en omdat ze zo kwaad en zo verdrietig was, dat ze simpelweg geen woord meer kon uitbrengen. Ze had alle stappen bewandeld die ze had moeten bewandelen, ze had de eerste de beste kans die op haar pad kwam met beide handen aangepakt, en nóg raakte ze haar huis kwijt.

'Het komt wel goed, mam,' klonk de stem van Quinten.

Olivia draaide zich om en wilde zich sterk houden voor haar zoon, maar zijn lieve woorden en onbeholpen gezicht maakten dat onmogelijk. Ze barstte in snikken uit en pakte haar zoon stevig vast. 'Ik weet het niet,' zei ze zachtjes. 'Ik weet het écht niet.' Quinten zei niets en hield haar alleen maar een beetje ongemakkelijk vast. Nee, haar zoon droeg niet veel bij in huis en had vooral aandacht voor zijn spelcomputer, maar als het erop aan kwam, dan was hij er.

7

'Ik ga mijn best voor je doen. Ik heb nog wel wat contacten daar.'

Toen Olivia zag dat Thomas aan de telefoon was, wilde ze de deur van zijn kantoor weer dichttrekken, maar hij stak zijn vinger in de lucht om aan te geven dat het gesprek op zijn eind was.

'Ik kan je niets beloven hè? Zeker niet nu ik zo'n strenge waakhond heb die op me let.' Thomas lachte hardop, dat had ze hem nog niet vaak horen doen. 'Oké, goed, ik houd je op de hoogte. Hou je taai, kerel. En bedankt voor het bellen.' Thomas hing op en bleef nog even naar zijn telefoon zitten kijken.

Olivia staarde ook naar het apparaat, maar dat was vooral omdat ze niet gedacht had dat dit soort oude toestellen nog daadwerkelijk gebruikt werden. Ze had de vergeelde telefoon wel zien staan in het kantoor, maar had gedacht dat het een verzamelobject was, zoals zo'n beetje alles in het kantoor van Thomas Frank.

'Wie was dat?'

'Moet ik nu ook al gaan verantwoorden met wie ik aan de telefoon hang?' antwoordde Thomas. Olivia kon niet goed inschatten of hij daadwerkelijk geïrriteerd was, of dat hij weer eens op haar knoppen probeerde te drukken.

'Als het op je zakelijke toestel is tijdens werktijd, dan wel,' antwoordde ze een beetje snibbig. 'Ik ben hier niet aangenomen om de ramen te lappen hè?'

'Het was gewoon iemand die ergens hulp bij nodig heeft, niets om je druk om te maken.' Thomas liep langs de lange planken aan de muur en bekeek de snuisterijen die erop uitgestald stonden.

'Zoals iedereen die jou belt,' mompelde Olivia terug, voordat ze zich herinnerde waarom ze zijn kantoor in was gekomen. 'Zeg luister, ik moet straks zitten met Wolff. Als ik hem vertel waar je mee bezig bent, gaat hij natuurlijk volledig uit zijn plaat.'

Het bleef even stil in de kamer.

'Zit daar een vraag in?' vroeg Thomas toen hij zag dat Olivia hem aankeek alsof ze een antwoord verwachtte. Intussen probeerde hij het deksel van een muziekdoosje netjes dicht te doen, iets dat hij met regelmaat deed, maar dat weinig zin leek te hebben omdat het deksel stuk was.

'Nou, je brengt me nogal in een lastig parket. Het is mijn taak om precies aan Wolff te vertellen wat je doet.'

'Dan doe je dat toch?'

'Ja, maar ik wil je ook niet onder de bus gooien bij hem. Jij lijkt ergens van overtuigd te zijn en wij moeten ook nog door een deur kunnen.'

'Dan verzin je toch gewoon wat?'

'Ik was niet van plan om te gaan liegen tegen mijn baas, Thomas. Bovendien, had jij niet een dingetje met de waarheid?'

'Zeker,' antwoordde Thomas zonder haar aan te kijken, 'maar je vroeg me niet wat ik zou doen, je wil simpelweg de waarheid niet onder ogen zien.'

Olivia voelde zich ongemakkelijk. 'De waarheid is...'

'De waarheid, Bos,' onderbrak Thomas haar, terwijl hij zijn muziekdoosje net iets te hard terugzette op de plank, 'is dat je jezelf in een positie hebt geplaatst waarin je een keuze moet maken. Alleen weiger je nu om dat ook daadwerkelijk te doen.'

Olivia knipperde met haar ogen. Net toen ze iets wilde zeggen, ging Thomas verder.

'Je hebt een baan aangenomen waarvoor je, zoals je dat zelf zo mooi hebt omschreven, "mij onder de bus moet gooien". Dat leek makkelijk op afstand, maar nu je dat daadwerkelijk moet doen en mij een beetje leert kennen, begin je last te krijgen van je geweten.'

Olivia knikte langzaam. 'Dat is toch niet zo heel raar?'

'Zeker niet, maar wat wél dubieus is, is dat je dit aan mij komt vertellen en dat je verwacht dat ik je iets zeg om het makkelijker te maken. Je vraagt mij in feite om toestemming om je werk te kunnen doen, zodat je vannacht beter kunt slapen.'

'Wat is dat voor onzin? Ik probeer er alleen maar het beste van te maken zodat iedereen tevreden is.'

Thomas' diepblauwe ogen keken haar indringend aan. 'Verpak het zoals je wil, in praktijk probeer je een conflict te vermijden door alle partijen te vriend te houden en geen keuze te hoeven maken. Het maakt mij echt totaal niet uit welke beslissing je neemt, maar het dilemma hier neerleggen en verwachten dat ik dat voor je doe, ten koste van mijzelf, is vrij laf.'

Laf? Olivia was voor veel dingen uitgemaakt tijdens haar leven, met name tijdens haar ruzies met Lesley, maar laf had nog nooit iemand haar genoemd.

'Wie denk je wel dat je bent, man?' brieste ze, terwijl ze zijn kantoor uit stampte. 'Je hebt werkelijk geen idee wie ik ben en wat ik belangrijk vind. Jij hebt een dingetje met de waarheid? Ik heb een dingetje met ervoor zorgen dat ik me nooit ga gedragen als arrogante eikels zoals jij! Maar bedankt dat je het zo makkelijk voor me hebt gemaakt.' Met een klap trok Olivia de deur dicht. Heel even dacht ze te zien dat Thomas glimlachte terwijl ze de deur sloot, maar dat weigerde ze te geloven. Thomas was veel dingen, maar vals was daar niet eentje van.

Eenmaal in de hal voelde Olivia dat ze stond te trillen op haar benen. Ze dacht dat ze alleen was, maar schrok toen ze een stem hoorde.

'Thee?' klonk een stem van achter haar rug. Het vriendelijke gezicht van Zwabber was precies wat ze nu nodig had. De conciërge had zijn reparatiewerkzaamheden even onderbroken. Het gesprek tussen Olivia en Thomas moest vrij luid zijn geweest, want Zwabber had al een extra mok thee in zijn handen voor haar. Toen ze op haar eerste werkdag naar zijn echte naam had gevraagd, had hij volgehouden dat iedereen hem Zwabber noemde en dat hij dat prima vond zo.

'Maar vind je dat niet wat denigrerend?' had ze nog geprobeerd. 'Ik bedoel, je bent toch veel meer dan alleen een persoon die hier de vloeren boent?'

'Ach, weet je,' had Zwabber geantwoord met een ondeugende glinstering in zijn ogen, 'mijn werk is niet wie ik ben. Voor het geld hoef ik dit allemaal niet te doen, maar ik doe graag iets nuttigs. Mijn naam is niet bijzonder. Over twintig jaar zou niemand meer weten wie die ouwe vent was met die mooie naam die elke dag het gebouw in orde maakte. Maar Zwabber? Zwabber vergeten ze nooit meer, dus ik draag mijn bijnaam met trots.'

Stiekem vond Olivia het maar een vreemd verhaal, maar het was haar wel direct duidelijk dat Zwabber het soort mens was dat nooit een vlieg kwaad zou doen. Een man die weinig te verliezen had en zich niet bezighield met spelletjes en dubbele agenda's. Hij had het grootste deel van zijn leven al achter de rug en het had hem gemaakt tot een oude, lieve man met een prachtige witte baard die eruitzag alsof hij hem iedere dag keurig trimde.

'Kom, laten we even gaan zitten.'

Olivia pakte snel de mokken over van Zwabber, want hij mocht nog heel kwiek zijn voor zijn leeftijd, gaan zitten in de diepe Chesterfield met twee mokken kokendhete thee in zijn handen, was wachten op een ongeluk.

'Zit ik er nu zo naast?' vroeg ze aan Zwabber, terwijl ze naast hem plofte en een klein beetje thee op haar hand morste - au, zie je wel? Haar blik kruiste met die van Elly achter haar bureau, die haar een begripvol knikje gaf. 'Ben ik echt laf?'

'Laf is een provocerend woord,' antwoordde Zwabber, 'maar Thomas bedoelt het niet slecht, dat doet hij nooit. Maar hij heeft natuurlijk wel gelijk als hij zegt dat je een keuze moet maken en dat je dat eigenlijk al wist op het moment dat je deze baan accepteerde.'

Olivia knikte.

'Aan de andere kant,' ging hij verder, 'was Thomas Frank op dat moment alleen nog maar een naam op papier en had jij geen idee dat hij, los van een botte hark, vooral ook iemand is aan wie je maar moeilijk een hekel kunt hebben.'

Dat kon Olivia beamen. Want ook al had Thomas

in korte tijd al een flink aantal keer het bloed onder haar nagels vandaan gehaald, als hij je aankeek kon je niet anders dan zien wat voor mens hij was.

Olivia en Zwabber keken een tijdje in stilte voor zich uit terwijl ze heel kleine slokjes namen van de thee, die eigenlijk nog te heet was om te drinken.

'Maar nu weet ik nog steeds niet echt wat ik moet doen,' zei Olivia uiteindelijk.

'Aan zijn tact moet Thomas nog een beetje werken, maar hij heeft natuurlijk wel gelijk,' antwoordde Zwabber. 'Je zult toch echt een keuze moeten maken, en het is niet fair om die bij hem neer te leggen.'

Olivia wilde niet dat Thomas gelijk had, maar ze kon niet meer ontkennen dat dit wel degelijk het geval was. Iets niet willen, veranderde nou eenmaal niets aan de werkelijkheid.

'Maar...' ging Zwabber verder, 'zaken zijn vaak niet zo zwart/wit als we geneigd zijn ze te zien. Je twijfelt tussen eerlijk zijn tegen Wolff en Thomas beschermen, toch?'

Olivia knikte.

'Misschien is er wel een manier om allebei te doen.'

'Allebei?' Olivia keek Zwabber vragend aan, dit was haar iets te cryptisch. Ze was nooit goed geweest in het snappen van vage hints.

'Ik kan je niet vertellen wat je moet doen, daar zul je toch echt zelf achter moeten komen. Maar denk er maar eens over na.'

Zwabber glimlachte. Hij had met zijn 76 jaar een flinke dosis levenswijsheid en ervaring op zak en daar was hij zich volledig van bewust. Het maakte hem niet arrogant, eigenlijk alleen maar aandoenlijk, omdat hij er écht van leek te genieten wanneer hij iemand kon helpen met wijze raad.

'Goed, ik laat je even alleen met je gedachten,' zei hij, terwijl hij opstond van de bank en de boormachine die hij op de grond had gezet weer opraapte. 'Maar niet te lang, want over vijf minuten heb je je afspraak met Wolff.'

Olivia keek verbaasd. Hoe wist hij dat?

Alsof hij haar gedachten kon lezen antwoordde Zwabber, met die vertrouwde ondeugende glinstering in zijn ogen: 'Ik ben meer dan alleen de persoon die hier de vloeren boent.'

***

Wolff bladerde door de documenten die Olivia hem had gegeven. De notities over de zaak met de familie Janssen had ze er zoveel mogelijk tussen gestopt, in de hoop dat hij die niet zou opmerken. Helaas was Wolff een ervaren notaris, dus de kans dat Gaston van de loterij voor haar huis zou staan met een spannende gouden envelop was was vele malen groter dan de kans dat Wolff een document zou missen.

Met de meeste zaken waar Thomas aan werkte was vrij weinig aan de hand. Waar Olivia gevreesd had dat hij overal een circus van maakte, deed hij negen van de tien keer precies wat er van hem verwacht werd. Documenten opstellen, akte passeren, factuurtje sturen. Thomas deed zijn werk gestructureerd en nauwkeurig, en alle informatie waar ze om had gevraagd, had hij haar zonder morren overhandigd.

Het had haar verbaasd dat hij zo actief aan deze hele situatie meewerkte, zeker na de manier waarop hij haar aanvankelijk had ontvangen, al had ze ergens nog steeds het vermoeden dat hij dat alleen had gedaan om haar op de kast te jagen. Het punt was, ze had deze baan natuurlijk niet gekregen vanwege de negen dingen die Thomas Frank volgens het boekje deed. Het ging om de tiende zaak waarbij hij op geheel eigen manier aan de slag ging.

'Hoe zit het met de familie Janssen? Wat is dat voor iets?' vroeg Wolff en Olivia wist dat ze niet langer om de hete brij heen kon draaien.

'Eh... ik vermoed dat dat nou een klassiek voorbeeld van een Thomas Frank-geval is.'

Wolff keek vragend op van de papieren die hij in zijn handen had.

'Het is mij niet helemaal duidelijk wat de bedoeling is van dit verhaal,' antwoordde Olivia. 'Thomas heeft met deze mensen gesproken en hij is het een en ander voor ze aan het uitzoeken.'

'Uitzoeken?' Olivia zag dat Wolff moeite deed om zijn beginnende frustratie binnen de perken te houden, dat vond ze dan wel weer sympathiek.

'Wat komen ze doen dan? Een levensverzekering afsluiten? Hun huis verkopen?' Wolffs toon werd met elke vraag onvriendelijker en Olivia wist dat ze zo snel mogelijk tot de kern moest komen.

'Nee, er is na een bruiloft een codicil opgedoken waaruit blijkt dat...'

'Wacht eens even,' onderbrak Wolff haar. 'Hartstikke leuk, maar er is van deze mevrouw niets bij ons gepasseerd, toch?'

Zo, dacht Olivia, kent die man alle documenten

die dit kantoor ooit heeft opgesteld uit zijn hoofd? 'Dat klopt,' moest ze toegeven.

'En dat codicil, is dat bij ons in bewaring gegeven?'

'Nee...' De gemaakte zelfverzekerdheid waarmee Olivia een kwartier eerder zijn kantoor was binnengekomen, brokkelde langzaam af.

Wolff stond zo wild op dat zijn bureaustoel bijna achterover viel. 'Waarom zijn wij dan onze tijd hierin aan het steken?' brieste hij, terwijl hij de stapel documenten neergooide op zijn bureau. 'Deze mensen zijn niet eens cliënt bij ons!'

'Nee dat weet ik, maar Thomas...'

Weer liet Wolff haar niet uitpraten. 'Thomas heeft een reputatie dat hij mensen helpt. En daar komen mensen op af. Heel mooi en nobel allemaal, maar weet je wat al deze mensen met elkaar gemeen hebben?'

'Ze... eh... betalen niet?' Olivia deed niet eens moeite meer om de boosheid van Wolff te ontwijken.

'Ze betalen niet! Geen cent! Het kost tijd, energie, mankracht, en het levert niets op. Ja, een risico, want ik zeg het je: één dezer dagen dient er een keer iemand een klacht in omdat ze niet blij zijn met wat de heer Frank allemaal uitspookt, en dan hebben we de poppen aan het dansen!'

Door de woorden die Wolff gebruikte, werd het Olivia al snel duidelijk dat hij vooral bang was om kwijt te raken wat hij had opgebouwd. En dat leek haar eigenlijk best terecht.

'Wat gaat u hieraan doen?' vroeg Wolff, nog altijd niet gekalmeerd.

Daar was het, het moment waarop Olivia haar keuze moest maken. Tot nu toe had ze haar rol kunnen beperken tot die van toeschouwer, maar ze wist ook wel dat dat niet was waarvoor ze hier was aangenomen en waarvoor ze een salaris ontving. Maar wat moest ze dan beginnen tegen Thomas? Hem vastbinden op zijn stoel? Want hoe mysterieus en onpeilbaar haar collega ook kon zijn, één ding was haar inmiddels wel duidelijk: hij was echt niet van plan om naar haar te luisteren, en dan zou haar loopbaan bij Wolff en van Gelder van korte duur zijn. Ze dacht even terug aan het gesprek met Zwabber. Er moest een derde optie zijn, maar die moest ze dan wel héél snel bedenken nu.

'Nou?' drong Wolff aan.

De tijd om na te denken was duidelijk verstreken. Terwijl Olivia razendsnel een antwoord probeerde te formuleren, viel haar oog plotseling op een foto van een adelaar, die achter de rug van Wolff in een eenvoudige goudkleurige lijst aan de muur hing. Als je mensen wilt overtuigen, moet je ze toespreken in de taal die zij begrijpen, had ze ooit meegekregen bij een college over communicatie, en dit leek Olivia een uitstekend moment om dat toe te passen.

'Niets,' antwoordde ze stellig.

Dat antwoord had Wolff niet zien aankomen, maar heel lang stond hij niet met zijn mond vol tanden. 'Mag ik u eraan herinneren dat...'

'Identificeren, observeren, aanvallen,' onderbrak Olivia haar baas, die overduidelijk niet gewend was om onderbroken te worden, en al helemaal niet door iemand die zoveel lager op de professionele ladder stond dan hij.

'Ik weet dat het mijn taak is om ervoor te zorgen dat Thomas zich aan de regels houdt en geld in het laatje brengt, maar het heeft geen enkele zin om als een kip zonder kop om me heen te gaan slaan.'

'Ik luister...' zei Wolff, die zo geschrokken was van het feit dat Olivia hem onderbrak, dat hij vergat hoe kwaad hij was.

Olivia rechtte haar rug. Ze voelde zich langzaam wat meer op haar gemak raken. 'Als de heer Frank me niet vertrouwt, deelt hij niets met me. Ik zal hem toch eerst een beetje het gevoel moeten geven dat ik aan zijn kant sta. Volgens mij ben ik daar al aardig in geslaagd.' Het was niet gelogen. Hoewel ze nog niet precies wist aan wiens kant ze daadwerkelijk stond, had ze het wel daadwerkelijk belangrijk gevonden om het vertrouwen van Thomas te winnen. Niet per se om hem vervolgens te verraden, maar vooral om de werkdag een beetje draaglijk te maken.

'U weet veel van roofvogels toch?' improviseerde Olivia, terwijl ze naar het portret van de adelaar wenkte.

'Uhuh,' beaamde Wolff.

'Dan weet u ook dat een adelaar nooit zomaar op zijn doel afgaat. Hij vliegt op honderden meters hoogte en ziet een prooi op kilometers afstand. Zodra hij die prooi heeft geïdentificeerd, observeert hij, en pas als hij zeker is dat een aanval kans van slagen heeft, duikt hij omlaag en slaat hij toe. Identificeren, observeren, aanvallen.' Die laatste drie woorden telde Olivia af op haar vingers.

De boosheid van Wolff leek volledig verdwenen, hij hing aan haar lippen en Olivia moest van binnen een beetje lachen om hoe makkelijk deze man te temmen was.

'Als ik nu direct alles dat de heer Frank doet aan

u kom vertellen, dan geef ik u heel even het gevoel dat ik mijn werk doe, maar in werkelijkheid geef ik de heer Frank alleen maar het signaal dat hij mij beter niet kan vertrouwen. Identificeren, observeren, aanvallen. Ik ben nu vooral aan het observeren: kijken hoe de heer Frank te werk gaat, op wat voor momenten hij ontspoort en vooral hoe hij dat doet. Als ik dat in kaart heb gebracht, sla ik toe en kan ik ingrijpen, bij voorkeur zonder dat de heer Frank dat zelf in de gaten heeft.'

Een grote glimlach brak door op het gezicht van Wolff. Het maakte dat zijn hele imposante uiterlijk een stuk zachter en vriendelijker oogde. 'Ik wist wel dat ik een goede aan u had. Dit is echt een fantastische analyse. Ik zal u niet verder van uw werk houden.'

Olivia voelde zich een klein beetje schuldig terwijl ze Wolffs kantoor verliet, want ze had hem natuurlijk volledig bespeeld. Erger nog, ze wist helemaal niets van roofvogels, het leek haar simpelweg een logische manier voor een adelaar om te werk te gaan. Ze had of heel erg goed gegokt, of Wolff wist zelf ook weinig van roofvogels, want terwijl ze de deur van zijn kantoor zachtjes sloot, hoorde ze hem tevreden haar woorden herhalen: 'Identificeren, observeren, aanvallen, ha!'

* * *

Nu Olivia haar gesprek met Wolff had gehad, voelde ze zich een stuk minder ongemakkelijk over de nieuwe afspraak met de familie Janssen. Ze besefte dat, hoewel ze het gevoel had Wolff een beetje gemanipuleerd te hebben, ze hem onbewust wel de waarheid had verteld. Ze had nog steeds geen idee waarom Thomas met deze mensen in zee ging zonder dat het bedrijf daar enige baat bij leek te hebben, maar ze kon daar ook niet over oordelen als ze niet tenminste één van zijn fratsen van begin tot eind had meegemaakt. Daarom had ze voor zichzelf besloten om voor nu nog even geen oordeel te vellen en daadwerkelijk te doen wat ze tegen Wolff had gezegd: observeren. Of ze uiteindelijk ook over zou moeten gaan tot de aanval, daar wilde ze nog even niet over nadenken.

De sfeer in Thomas' kantoor was heel anders dan bij het vorige bezoek. Tijdens de kennismaking was mevrouw Janssen weliswaar boos en verdrietig geweest, maar tegenover Thomas had ze zich keurig gedragen. Of het te maken had met het feit dat ze inmiddels wist dat ze met het codicil daadwerkelijk ergens recht op had of dat ze gewoon met het verkeerde been uit bed was gestapt, kon Olivia niet goed peilen, maar vandaag was mevrouw Janssen ronduit onbeschoft.

Op haar zoon Vincent leek dat totaal geen effect te hebben, die was nog net zo verzonken in zijn telefoon als vorige keer, maar meneer Janssen leek wel twee keer zo diep in zijn stoel weggedoken als tijdens de vorige ontmoeting. Eén ding wist Olivia wel zeker: mevrouw Janssen stond volledig alleen in haar kruistocht, zonder enige steun van de mensen die ze had meegenomen. Misschien was dat waarom Thomas de toon van deze vrouw, die officieel niet eens aanspraak mocht maken op zijn tijd, tolereerde, maar Olivia werd er ongemakkelijk van.

'Hoezo kunt u haar niet bereiken? U bent toch

notaris? Mensen kunnen toch niet zomaar straffeloos verdwijnen? Dat zou even mooi zijn zeg, zo lust ik er ook nog wel een,' viel Gerda Janssen snibbig tegen Thomas uit.

'Als mensen niet gevonden willen worden, willen ze niet gevonden worden,' antwoordde Thomas droogjes.

'En dat is het dan?' foeterde mevrouw Janssen. 'Dat heeft geen enkele gevolgen? Wat is dit nou voor onzin?'

'Dat zijn uw woorden. Elke actie heeft gevolgen.' Olivia had respect voor de rust die Thomas bewaarde in zijn stem en lichaamshouding. Deze vrouw leek daadwerkelijk niet onder zijn huid te kunnen kruipen, en als dat wel zo was, dan wist hij dat op meesterlijke wijze te verbergen.

'Maar laten we niet vergeten dat mevrouw Voorst geen strafbare feiten heeft begaan. Haar echtgenoot is overleden, waarna ze op vakantie is gegaan. Daar kunnen en mogen wij wat van vinden, maar juridisch gezien doet zij niets verkeerd.'

'En mijn codicil dan?' klonk het verongelijkt. Olivia stelde zich voor hoe mevrouw Janssen haar handen demonstratief in haar zij zou hebben gezet, als ze had gestaan. Haar gezicht had de uitdrukking van een zesjarige die nog heel graag even wil spelen terwijl haar ouders zeggen dat het bedtijd is.

'Tja, er is een reden dat zaken als erfenissen doorgaans bij een notaris worden geregeld. Dat is dus precies om problemen als deze te voorkomen. Uw vader...'

'Mijn vader was niet goed bij zijn hoofd!' schreeuwde mevrouw Janssen. 'Trouwt op zijn tachtigste met een zesentwintigjarige en gelooft nota bene zelf dat het "echte liefde" is.' Bij het uitspreken van die woorden vertrok haar gezicht in een sarcastische grimas. 'Zelfs een idioot met een doperwt als brein kan toch bedenken dat dit niets met liefde te maken heeft? Mijn vader had geld en een mooi huis en was niet meer gezond. En ineens was daar een lekker wijf van in de twintig dat denkt dat hij de liefde van haar leven is? Rot toch op. Ik hield zielsveel van mijn vader, maar sorry, aan het eind van zijn leven was hij een seniele ouwe gek!'

Van de verdrietige vrouw die Gerda Janssen vorige keer was geweest, was niets meer over. Het verdriet had duidelijk plaatsgemaakt voor woede.

'Mama, doe normaal!' klonk het vanuit de stoel waarin Vincent zojuist nog volledig verzonken had gezeten in iets dat zich op zijn telefoonscherm had afgespeeld. 'Opa was niet seniel, hij was eenzaam. En als jij....' Vincent aarzelde even. 'Als jij wat meer begrip had getoond in plaats van hem volledig de grond in te trappen, dan had... dan had hij...'

'Dan had hij wat?' bulderde Gerda Janssen op een toon waarvan zelfs Olivia het benauwd kreeg. Het greep haar aan dat Vincent geen spier vertrok bij haar uitbarsting. Was hij dit soort verbaal geweld soms gewend?

'Laat ook maar! Ik weet niet eens wat ik hier doe!' Vincent stond op, pakte zijn schooltas van de grond en liep naar de deur. 'Ik zit in de gang, ik hoor het wel als je klaar bent met opa beledigen!'

Hij leek van plan te zijn geweest om de deur dicht te smijten, maar zijn blik kruiste die van Olivia, die hem geschrokken aankeek, en blijkbaar besefte hij op het laatste moment dat hij in het kantoor van iemand anders was, waarna hij de deur voorzichtig sloot. Olivia had met de jongen te doen, niet in de laatste plaats omdat hij haar ergens aan Quinten deed denken. Het was uiteraard haar taak om bij dit gesprek aanwezig te zijn, maar ze besloot dat Vincent haar nu even harder nodig had dan Thomas en het echtpaar Janssen. Ze vond Thomas' blik met haar ogen, en deze gaf haar een bevestigend knikje toen ze gebaarde of ze achter de jongen aan mocht gaan.

✳ ✳ ✳

Vincent Janssen had tot aan zijn uitbarsting van net geen enkele vorm van emotie getoond, maar nu zat hij snikkend met zijn telefoon in zijn handen. Hij bewoog met zijn vingers over het scherm, maar leek niet te zien wat er allemaal op gebeurde.

'Je moet naar links en rechts swipen hoor,' probeerde Olivia voorzichtig, 'niet naar boven en beneden.'

Vincent schoot door z'n tranen heen zowaar in de lach. 'Tinder is voor bejaarden, jongeren praten gewoon nog met elkaar.'

Touché. De twee bleven even in stilte naast elkaar zitten op de chesterfield in de hal. Vincent volgde met zijn vingers de hobbels en bobbels in het leer op de leuning terwijl hij langzaam stopte met huilen.

'Het is gewoon niet eerlijk!' zei hij toen hij weer wat was gekalmeerd.

Olivia knikte. 'Ik weet het. Dit soort zaken zijn vaak lastig. Maar in gemeenschap van goederen...'

'Dat bedoel ik niet,' onderbrak Vincent haar. 'Dat hele schilderij, die erfenis, dat kan me allemaal niet schelen. Het is gewoon niet eerlijk voor opa. Hij was gelukkig met haar, weet je? Echt gelukkig! Wat boeit het dan hoe oud ze is. Of hoe oud hij was. Mensen denken alleen maar aan geld. Opa niet, en Chantal al helemaal niet.'

Die zag Olivia niet aankomen. 'Je gelooft dat het echte liefde was tussen je opa en mevrouw Voorst?'

'Wat weet ik nou van liefde? Ik ben dertien,' antwoordde Vincent snibbig, en Olivia had respect voor zijn eerlijkheid en zelfinzicht.

'Het enige dat ik weet, is dat opa er na de dood van oma geen zin meer in had. Hij had opgegeven en dat was echt heel erg om te zien. Hij probeerde voor mij te doen alsof en ik was pas vijf, maar ik merkte echt wel dat er iets anders was aan opa... Alle flauwe grapjes die hij altijd maakte, zijn gekke plannen en ideeën, het was allemaal in één keer weg. En er was niets dat iemand kon doen om hem weer op te vrolijken.'

Olivia twijfelde of ze een arm om de jongen heen moest slaan, maar ze dacht aan hoe Quinten normaal gesproken reageerde als ze ook maar iets van lichamelijk contact probeerde te zoeken, dus ze hield het klein en legde een hand op zijn schouder. Vincent leek het prima te vinden.

'En toen kwam Chantal bij hem werken,' ging hij verder. Opa nam wel vaker mensen in dienst, maar over hen vertelde hij nooit iets. Over Chantal kon hij niet stoppen met praten.'

'Vond je het niet gek dat ze zo jong was?' vroeg Olivia oprecht geïnteresseerd. Mevrouw Janssen had veel verteld over de vriendin van haar vader, maar niet dat zij werkzaam was in zijn bedrijf. Ze zag niet direct of en hoe dat de situatie veranderde, maar het was wel vreemde informatie om weg te laten uit het verhaal. Tegelijkertijd ook niet echt, want mevrouw Janssen kwam hier niet om de relatie van haar vader met mevrouw Voorst te betwisten, maar om het schilderij te claimen waar zij volgens het codicil recht op had.

'Daar had opa helemaal niet over verteld. Hij vertelde vaak hoe knap ze was. Qua werk dan hè, niet haar gezicht enzo. En dat hij zoveel aan haar had, en dat hij voor het eerst in lange tijd weer zin had om naar z'n werk te gaan. Ik heb het toen maar gewoon gevraagd.'

'Wat heb je gevraagd?'

'Of hij verliefd op haar was natuurlijk.'

'Oh, en?' hoewel Olivia inmiddels persoonlijk geïnteresseerd was in dit verhaal, realiseerde ze zich ook dat Vincent veel meer wist over zijn opa en diens vrouw dan zijn moeder en vader bij elkaar.

'Opa moest keihard lachen,' ging Vincent verder, terwijl er ook op zijn gezicht een voorzichtige glimlach verscheen. 'Hij liet me een foto van haar zien. "Ze had mijn kleindochter kunnen zijn jochie", zei hij.'

'Maar ze zijn uiteindelijk wel getrouwd.'

Olivia begon zich een beetje ongemakkelijk te voelen bij de hoeveelheid vragen die ze stelde, maar deze informatie leek belangrijk en het was daarnaast bovendien ook gewoon een heel interessant verhaal. Iemand zou er een boek over moeten schrijven, dacht ze.

'Ja. Ik weet ook niet hoe dat zit. Misschien zijn ze later alsnog verliefd geworden ofzo. Daarover vertelde opa dan weer niet zoveel. Maar weet je, het maakt toch allemaal niet uit?' Vincent keek Olivia aan alsof hij antwoord wilde op die vraag. 'Opa was de hele tijd verdrietig, en toen Chantal kwam was hij dat niet meer. En ik snap wel waarom. Je kunt echt lol hebben met haar, ze is net zo gek als hij was. Ze haalden steeds grapjes uit bij elkaar. Wat maakt mij het dan uit hoe oud ze is en of ze verliefd waren of niet. Toen opa doodging was hij gelukkig, dan gaat de rest toch niemand meer wat aan?'

De tranen stonden in zijn ogen en Olivia had echt met Vincent te doen. Haar gedachten dwaalden af naar Quinten en hoe graag ze hem een opa had gegund om gek op te zijn. Of ze ook gelukkig was geweest als hij ineens een oma van in de twintig had gehad kon ze zich niet zo goed voorstellen, maar Vincent had gelijk. Als Ruud Janssen gelukkig was geweest met zijn vriendin, ging dat verder niemand in de wereld wat aan.

'Ik denk dat jij het heel helder ziet, jongen,' antwoordde ze. Ze besloot het gesprek wat luchtiger te maken. 'Had je een goede band met je opa?'

'Mijn opa was geweldig!' antwoordde Vincent, en zijn gezicht begon te stralen. 'Hij nam me altijd mee om te gaan vissen. Niet dat hij wist hoe dat moest ofzo, we hadden niet eens haakjes aan onze hengel. Maar we zaten dan uren aan het water met onze hengels met alleen een draad eraan, en opa had dan een berg snoep en cola mee, al vertelde hij mama dat we alleen brood aten en water dronken. We hebben natuurlijk nooit wat gevangen, maar als we daar zaten vertelde opa altijd over vroeger, over oma, en hoe hij haar had ontmoet.'

'Oeh, een echt liefdesverhaal,' viste Olivia, die zich niet langer geneerde voor het feit dat ze een puber aan het ondervragen was.

'En van het ouderwetse soort, het had niks met Tinder te maken,' grapte Vincent, die duidelijk de humor van z'n opa had meegekregen. 'Het was eigenlijk net zoals in een film. Opa was in dienst. Je was toen dus nog verplicht om een tijdje het leger in te gaan voor het geval dat er oorlog uitbrak.'

Olivia vond het schattig dat hij haar dit uitlegde, alsof ze zelf niet al een volwassen vrouw was, maar ze vergaf hem dit gevalletje van mansplaining.

'Waar opa zat, hadden ze een brievenuitwisseling bedacht. Meisjes die thuis geen vriend hadden, konden dan een brief schrijven naar de jongens in dienst. Een beetje als Boer zoekt vrouw, maar dan met soldaten. Er kwam dan een bak met brieven binnen en wie dat wilde mocht er eentje uitpakken, en zo konden ze met elkaar gaan schrijven. Opa had dat een paar keer geprobeerd en hij vond een brief lezen leuker dan rondhangen in een barak, maar voor de vierde vrouw die hij schreef, begon hij iets te voelen. En zij zijn elkaar toen hele lange brieven gaan schrijven.'

Vincent draaide zijn telefoon zodat Olivia het scherm kon zien. Ze had een gewelddadig fantasyspel verwacht, maar zag in plaats daarvan nette rijen geschreven zinnen in een ouderwets handschrift. 'Als ik opa mis, lees ik altijd een stukje uit zijn brieven. Stom hè?'

'Helemaal niet stom,' zei Olivia, 'ik vind het wel

lief.' Ze vond het idee van zo'n briefwisseling super romantisch, maar had tegelijkertijd het gevoel dat deze teksten niet voor haar ogen bedoeld waren. Ze deed haar best om wel geïnteresseerd te zijn, maar niet de brief te lezen die Vincent nog steeds op zijn telefoon voor haar neus hield.

'En zo heeft je opa je oma dus ontmoet? Ze begonnen als penvrienden?'

'Eh, nee, deze brieven schreef hij niet aan mijn oma,' antwoordde Vincent. Het verhaal begon steeds meer op een soap te lijken, maar dan wel eentje die Olivia had gegrepen. Nu wilde ze weten hoe het afliep ook. Ze gebaarde Vincent om verder te gaan met vertellen.

'Toen mijn opa weer thuis was, zijn ze elkaar blijven schrijven en hadden ze op een gegeven moment besloten dat ze wilden afspreken. Ze zouden elkaar in een restaurant ontmoeten. Opa had zijn mooiste pak aangetrokken en is naar het restaurant gegaan. Hij heeft daar drie kwartier gezeten, maar er kwam niemand.'

'Oh wat erg!' hoorde Olivia zichzelf hardop zeggen.

'Nouja, niet echt,' vertelde Vincent enthousiast. 'De serveerster vond het écht heel erg voor hem, een beetje net als jij nu trouwens, en is toen even bij hem gaan zitten, wat eigenlijk helemaal niet mocht. Haar baas was streng en zei altijd dat hij haar niet betaalde om met klanten te kletsen. Maar ze zijn toen toch met elkaar gaan praten en daarna hadden ze afgesproken dat ze elkaar nog een keer wilden zien. Niet lang daarna kreeg opa alle brieven die hij had gestuurd terug in een netjes pakketje met een touwtje erom, maar dat vond hij natuurlijk helemaal niet zo erg meer.'

Olivia vond het een fantastisch verhaal en dacht aan hoe dat soort romantiek tegenwoordig echt niet meer leek te bestaan. 'En zo hebben je opa en oma elkaar dus ontmoet?'

'Nee, zei Vincent, dit was ook niet mijn oma.'

Olivia trok een verbaasd gezicht.

'Oké, grapje, dat was inderdaad mijn oma. Ze zijn niet veel later getrouwd en een paar jaar later werd mijn moeder geboren.'

'Wat was je oma voor iemand?' vroeg Olivia, inmiddels volledig geïnvesteerd in dit liefdesverhaal.

'Dat weet ik niet zo goed,' antwoordde Vincent. 'Ze ging dood toen ik vijf was. Maar als je het aan mijn opa vroeg, was ze de mooiste, liefste, slimste en grappigste persoon die hij ooit had ontmoet. Op haar was hij écht verliefd. Ik kan me niet zo heel veel herinneren van toen zij nog leefde, alleen nog dat ze altijd naar pepermuntjes en bloemen rook. En dat ik later heel vaak aan mama vroeg waarom opa altijd zo verdrietig was.'

Door de deur van het kantoor van Thomas heen was te horen dat mevrouw Janssen nog altijd niet was uitgeraasd. De deur was gemaakt van massief hout en sloot goed af, dus het was duidelijk dat ze op een behoorlijk volume tekeer ging.

'Ik snap niet waarom mama hier zo'n probleem van maakt,' gaf Vincent aan. 'Ze is zo boos op Chantal, alsof ze iets heel slechts heeft gedaan, maar ze was altijd lief voor opa. En ze heeft zelf geld zat, dat schilderij kan haar echt niets schelen. Waarom wacht mama niet gewoon even tot ze terug is?'

Olivia knikte. Ze vond het oprecht jammer dat ze niet kon besluiten om de zaak verder af te handelen met Vincent, in plaats van zijn boze moeder.

De deur van Thomas' kantoor ging open.

Thomas gebaarde naar het bureau van Elly. 'Als u even een nieuwe afspraak wilt maken met mijn collega, dan gaan we proberen om dit allemaal zo snel mogelijk op te lossen.' Hij stak zijn hand uit naar meneer Janssen, die deze schudde, en naar zijn vrouw, die de hand demonstratief negeerde en haar tas met een wilde zwaai over haar schouder gooide. Ze sleurde haar man nog net niet mee naar het bureau van Elly.

'Vincent, kom je ook?'

Hij keek Olivia aan en haalde zijn schouders op.

'Even volhouden jongen,' zei ze zachtjes zodat zijn moeder het niet kon horen, terwijl ze hem een aai over zijn bol gaf. 'Dit gedoe is allemaal weer snel voorbij.'

Terwijl Vincent naar zijn ouders slofte, die stonden te wachten tot Elly klaar was met een telefoontje, liep Olivia het kantoor van Thomas in en trok de deur achter zich dicht.

'Gaat het een beetje? Wat een gedoe zeg.'

'Ach,' antwoordde Thomas, 'het zijn gewoon emoties. Niets dat ik nog niet eerder heb meegemaakt.'

Op het notariskantoor waar Olivia stage had gelopen had ze dit soort taferelen nooit gezien, maar met de persoonlijke manier waarop Thomas alles aanpakte, kon ze zich prima voorstellen dat dit hem vaker overkomen was.

'Hoe gaat het met de jongen? Dat vond ik erg vervelend.'

Olivia gaf toe dat Vincent behoorlijk onder de hele situatie gebukt ging en herhaalde wat hij haar allemaal had verteld. Even overwoog ze om het hele verhaal over de ontmoeting tussen de opa en oma van Vincent achterwege te laten, maar terwijl ze vertelde zag ze dezelfde emotionele herkenning in de ogen van Thomas als die ze zelf had gevoeld, dus deed ze de hele geschiedenis in geuren en kleuren uit de doeken. Nadat ze alles had verteld bleef het even stil. Thomas leek tranen in zijn ogen te hebben, maar Olivia zag ook een andere blik die ze niet herkende.

'Is de familie Janssen er nog?'

Olivia had geen idee, maar keek even om het hoekje van de deur. 'Ja, ze staan nog bij Elly.'

'Zou je willen vragen of die jongeman nog eventjes hier wil komen?'

'Ja natuurlijk,' antwoordde Olivia, 'maar hoezo...'

'Graag voordat ze zijn vertrokken, Bos!' klonk Thomas' stem streng.

Olivia haastte zich het kantoor uit en kwam terug met Vincent, die zich, net als Olivia, afvroeg wat Thomas van hem wilde.

'Geweldig, dank je wel,' zei Thomas, terwijl hij Vincent gebaarde om binnen te komen. 'Hou je pa en ma Janssen nog even bezig? Wij zijn hier zo klaar.'

'Maar ik...' probeerde Olivia nog te zeggen, maar Thomas had de deur al zonder pardon voor haar neus gesloten. Toen ze zich omdraaide, keek ze recht in het gezicht van mevrouw Janssen die duidelijk niet gelukkig was met de situatie.

8

'Wat komen we hier vandaag precies doen?' vroeg Olivia.

'Lunchen!' zei Thomas triomfantelijk. Zoveel had ze natuurlijk ook al begrepen, maar er leek op dit moment totaal geen aanleiding voor te zijn. Niet dat het een straf was, want ook al vond ze het restaurant, in tegenstelling tot de jubelende Thomas, totaal niet gezellig, haar salade was de vorige keer heerlijk geweest.

Het was vooral de decadentie van dit alles die haar een beetje tegenstond. Thuis moest ze elk dubbeltje omdraaien, en met Thomas ging ze zo'n beetje om de dag lunchen buiten de deur.

'Kom je hiermee niet in de problemen bij Wolff?' wilde Olivia weten.

Thomas glimlachte. 'Er zijn een heleboel dingen waar onze Grote Baas niet blij mee is Bos, maar lunchen op kosten van de zaak is er niet eentje van. Laten we bovendien niet vergeten dat hij niet echt mijn baas is, hij is vooral de oprichter van onze mooie toko.'

Ditmaal was het een serveerster die aan hun tafel verscheen, en Olivia kon het niet helpen om te denken aan het verhaal dat Vincent haar had verteld.

Ze betrapte zich erop dat ze om zich heen zat te kijken om te zien of er misschien een eenzame jongeman was met wie de serveerster ook zo'n mooi verhaal kon beginnen, tot ze de trouwring aan de vinger van de jonge vrouw zag.

'Voor mij het gebruikelijke, en voor mevrouw Bos

hier een ijsthee en een salade geitenkaas.' De vrouw nam de bestelling op en liep weg.

'Ik kan zelf prima bestellen hoor,' zei Olivia ietwat beledigd.

'Dat weet ik,' antwoordde Thomas, 'maar je leek nogal in gedachten verzonken.'

'Ik ben niet zoals jij hè, waarom ga je ervan uit dat ik elke keer hetzelfde zou willen eten?'

Hij keek haar aan met een blik alsof hij haar totaal niet serieus nam. 'Je hebt gelijk, maar nu is het al gebeurd. Gewoon uit nieuwsgierigheid, wat had je dan willen bestellen?'

Olivia probeerde met een stalen gezicht een ander gerecht op te noemen, maar schoot in de lach. 'Oké, een salade geitenkaas met ijsthee,' gaf ze toe en Thomas was duidelijk geamuseerd. 'Maar daar gaat het natuurlijk niet om, het gaat om het principe.'

'Ah, het principe!' mijmerde haar collega filosofisch. 'Hoeveel onzinnige oorlogen daar al niet over zijn uitgevochten.'

Zo charmant en mysterieus als Olivia haar collega af en toe ook vond, zo irritant vond ze hem met regelmaat ook. Of hij het met opzet deed wist ze niet, maar hij gaf haar regelmatig het gevoel dat hij haar niet serieus nam.

'Oh,' riep Thomas van een afstandje naar de serveerster, 'en twee glazen bubbels, we hebben iets te vieren.'

Olivia keek hem vragend aan. Niet alleen had ze geen idee wat er te vieren was, maar daarnaast had ze nog nooit eerder een salade geitenkaas gecombineerd met een glas champagne. Om nog maar te zwijgen over het feit dat ze gewoon aan het werk waren en het Olivia een bijzonder slecht idee leek als ze nog voor de storting van haar eerste salaris midden op de dag dronken het kantoor van Wolff in kwam rollen.

'Eh, is dat wel een goed idee?' vroeg ze.

'Champagne is altijd een goed idee,' zei Thomas onverbiddelijk. 'Tenzij je niet drinkt natuurlijk, dat mag hè?'

'Oh nee hoor!' Hij moest eens weten, dacht Olivia. Bridget Jones kijkt nu eenmaal een stuk lekkerder met een paar glazen wijn achter je kiezen. Al bleef het bij haar meestal beperkt tot wat er in de aanbieding was bij de supermarkt, champagne had ze nooit in huis. 'Maar wat hebben we precies te vieren?'

'Je nieuwe leven en je fantastische zoon.'

Olivia begreep er niets van. Wat had Quinten hiermee te maken? Kenden Thomas en hij elkaar? Thomas leek de verwarring op haar gezicht te kunnen lezen en besloot haar niet langer in het ongewisse te laten.

'Toen je van de week mijn kantoor binnenkwam, had ik je zoon aan de lijn.'

'Quinten?' antwoordde ze verbaasd.

'Heb je nog meer zoons?' vroeg Thomas met een geamuseerde blik, al leek hij deels bezorgd dat Olivia nog een blik kinderen open zou trekken.

'Nee,' stamelde ze, 'Quinten is de enige...'

'Quinten, dus,' ging Thomas verder.

'Maar wat...'

'Die bijzonder sympathieke jongeman heeft me opgebeld en uitgelegd in welke situatie jullie verkeren. Dat je op het punt stond je huis uitgezet te worden,' legde Thomas uit toen hij de vragende blik in Olivia's ogen zag.

'Wat!?' Olivia sloeg haar hand voor haar mond. 'Dat had hij niet mogen doen!'

'Dat ben ik niet met je eens,' zei Thomas. 'Ik vind het juist heel verstandig dat hij dat heeft gedaan. Heb je enig idee wat voor gevolgen dit had kunnen hebben?'

'Ja, natuurlijk weet ik dat!' schoot Olivia uit haar slof. 'Waarom denk je dat ik deze baan überhaupt heb genomen? Denk je dat ik ervan geniet om de oppas te spelen voor een volwassen kerel? Dat ik het leuk vind om uitgekafferd te worden door Wolff? Of toe te kijken hoe jij jezelf weer in de nesten werkt?'

Thomas keek verbaasd. 'Maar Olivia, maak je niet zo druk. Het is opgelost! Je kunt blijven!'

'Nou, dank je wel. Bedankt dat je me gered hebt. Dat de twee mannen in mijn leven weer eens feilloos hebben aangetoond dat weerloze vrouwen zoals Olivia Bos het niet redden zonder hun hulp!'

Olivia voelde haar bloed koken. Ze kon Thomas niet eens aankijken, al zag ze vanuit haar ooghoeken dat hij echt totaal geen idee had waarom ze zo boos was.

'Snap je het dan echt niet? Snap je niet hoe...'

Olivia kwam niet uit haar woorden. Ze zette haar glas zo hard op tafel dat er een flinke scheut ijsthee over de rand klotste en op haar broek terechtkwam.

'Kak!' riep ze zo hard dat verschillende mensen in het restaurant opkeken. 'Weet je, laat maar, ik ben zo terug,' snauwde ze terwijl ze opstond en met afgemeten passen naar het toilet beende.

De tranen rolden over haar wangen en in dit geval was ze heel blij dat het restaurant niet zo groot was, omdat het een eenpersoons toilet was en ze niet bang hoefde te zijn om er iemand anders tegen het lijf te lopen.

Met haar enorme boosheid had ze niet alleen Thomas overrompeld, maar vooral ook zichzelf. Een vreemde mix van emoties gierde door haar lijf. Ze voelde boosheid, verdriet, opluchting, en nog een paar gevoelens waar ze niet eens een naam voor had. Ze was kwaad op Quinten omdat zij voor hem moest zorgen en niet andersom. Omdat hij Thomas had gebeld terwijl ze haar uiterste best had gedaan om haar werk uit haar privéleven te houden en andersom. Ze was boos op Thomas omdat hij haar had gered, maar vooral omdat ze gered moest worden. Alles had ze altijd zelf gedaan, zelf opgelost. Toen Lesley nog in haar leven was, maar ook daarna. In haar eentje, zonder hulp. En nu zwaaide Thomas even met z'n toverstafje en waren haar problemen verdwenen.

Nu pas drong dit gedeelte van het verhaal tot haar door. Ze hoefde haar huis niet uit. Ze kon er met Quinten blijven wonen. De paar losse tranen veranderden in een heftige huilbui, zoals ze die in jaren niet meer had gehad. Ze had daar geen zin in, niet hier, niet nu, maar er was geen houden meer aan toen het eenmaal op gang was gekomen. Pas na een minuut of tien kalmeerde Olivia een beetje. Ze keek in de spiegel om te kijken of ze zichzelf een beetje op kon lappen, maar er was geen mogelijkheid dat Thomas niet zou zien dat ze gehuild had. Tenzij ze hier nog een half uur in het toilet bleef, maar aangezien dit het enige toilet in het restaurant was en er al twee keer op de deur was geklopt, leek haar dat een heel slecht idee.

Olivia waste de uitgelopen mascara van haar gezicht, depte haar ogen droog met een papieren handdoekje en besloot daarna om met opgeheven hoofd weer terug te lopen naar haar tafel, waterige ogen en een rode neus of niet.

Thomas zei niets. Aan zijn gezicht kon Olivia zien dat ze haar huilbui niet verborgen had kunnen houden, maar hij was verstandig genoeg om er niet over te beginnen. Van zijn kaarsrechte houding was weinig over. Hij zat voorovergebogen op zijn stoel en vermeed elk oogcontact.

'Het spijt me,' zei hij. 'Het is nooit mijn bedoeling geweest om je het gevoel te geven dat je dit zelf allemaal niet kon. Maar Quinten...'

'Quinten had je nooit mogen bellen,' onderbrak Olivia hem. 'Maar het was heel erg lief dat hij dat heeft gedaan, en het was ook heel erg lief dat jij me geholpen hebt. Het spijt me dat ik zo tegen je uitviel.'

'Dat geeft niet,' zei Thomas zachtjes, terwijl hij Olivia nog steeds niet durfde aan te kijken.

'Jawel, het geeft wel. Toen mijn ex-man ons verliet, heb ik gezworen dat ik mezelf nooit meer in een positie zou brengen waarin ik afhankelijk was van een man. En dit... hoe lief ook, was precies wat nooit meer had mogen gebeuren. Maar het is wél lief en heel erg goed bedoeld, dus ik had niet zo heftig moeten reageren. Sorry.'

'Olivia...' het was de tweede keer dat Thomas haar bij haar voornaam had genoemd. 'Als ik iets geleerd heb in de jaren dat ik dit werk doe, dan is het dat eerlijkheid soms ver te zoeken is. Jij hebt jezelf niet in deze positie gebracht, instanties hebben dat gedaan.'

'Maar hoe heb je dit opgelost dan? Dit kan toch niet zomaar... verdwenen zijn? Ze zeiden dat de beslissing onomkeerbaar was.'

'Dat zeggen ze altijd en voor de meeste mensen is dat ook zo. Maar als notaris en je werkgever kan ik garant voor je staan. Ik heb gebeld en nu is het geregeld.'

'Maar dat kan toch niet zomaar?'

'Oh, we hebben niets illegaals gedaan hoor, als dat is waar je bang voor bent. Je schuld is niet kwijtgescholden, je moet nog steeds alles betalen dat openstaat. Maar ik heb gezegd dat ik persoonlijk garant sta voor je.'

Olivia voelde dat ze begon te blozen. 'Thomas, dat is echt heel lief, maar snap je wel hoe problematisch dat is?'

'Hoezo? Was je van plan om niet te gaan betalen dan?' zei hij met een glimlach, terwijl zijn blik de hare kruiste.

'Je weet heus wel wat ik bedoel. Hoe kan ik nou objectief mijn werk doen als ik bij je in het krijt sta? Dat is toch niet waarom je het gedaan hebt hè?'

Thomas keek haar serieus aan. 'Ik denk dat je me inmiddels al iets beter kent dan dat. Bovendien sta je helemaal niet bij me in het krijt. Je weet dat ik veel geef om de waarheid, en de waarheid was dat je niet eerlijk behandeld werd. Je had hulp nodig, ik kon helpen. Het is niets meer en niets minder dan dat. Het staat je volledig vrij om me alsnog onder de bus te gooien, als je dat nodig acht.'

Olivia haalde haar schouders op. 'Nouja, in elk geval heel erg bedankt. Ze pakte het glas champagne, dat tijdens haar afwezigheid op tafel was gezet, en ze hield het omhoog. 'Proost,' zei ze. 'Op mannen die vrouwen in nood helpen.' Ze tikte haar glas tegen dat van Thomas.

'En op vrouwen die dat niet nodig hebben!' voegde hij eraan toe.

* * *

Als er iets was waar Olivia een hekel aan had, dan was het aan conflict en ruzie. Tegelijkertijd vond ze het altijd heel bijzonder om te merken hoe ruzies en meningsverschillen, met uitzondering misschien van het soort vetes waarbij mensen afgehakte dierenkoppen in elkaars bed legden, een relatie konden veranderen en versterken.

Ze was écht heel boos op Thomas geweest, maar nadat ze dat had uitgesproken, ze elkaar hun excuses hadden aangeboden en hadden geproost op het goede nieuws, was er iets wezenlijks veranderd tussen hen. Ten eerste omdat hij haar aansprak met Olivia en niet met Bos, al zou het haar niet verbazen als dat beperkt zou blijven tot deze lunch (en stiekem vond ze dat wel leuk), maar vooral ook omdat ze het idee had dat Thomas en zij als gelijken aan tafel zaten. Het was natuurlijk een onmogelijke situatie. Qua bedrijfsstructuur was Thomas in alle opzichten haar baas, maar ze werkte technisch gezien voor Wolff. Thomas' toekomst bij het bedrijf hing af van wat Olivia deed, en die van haar lag in handen van Thomas.

Het had hun werkrelatie complex en af en toe gespannen gemaakt maar hier, in het restaurant, was daar niets van te merken. Olivia besloot om deze kans aan te grijpen om meer te weten te komen over hem.

'Mag ik vragen wat er met je is gebeurd?' Olivia wist niet hoe ze het anders moest vragen. Ze had natuurlijk subtiel kunnen beginnen over haar leven en voor de neus weg kunnen vragen hoe dat van Thomas in elkaar stak, maar dat zou niet helemaal eerlijk zijn. Ze was vooral geïnteresseerd in een bepaald onderdeel van zijn leven en besloot dat dan ook maar op de man af te vragen.

'Gebeurd?' vroeg Thomas.

'Ja. Volgens Wolff heb je een hele moeilijke periode doorgemaakt, maar hij vertelde niet over het hoe en waarom.'

Thomas leek zich niet te storen aan haar directe aanpak en nam een hap van zijn broodje kip. Tussen het moment dat hij z'n mond leeg at en een slok nam van zijn champagne, zei hij: 'Anderhalf jaar geleden is mijn vrouw overleden.'

Hij zei het op een rustige toon, alsof hij mededeelde dat hij wel eens boodschappen deed, en het duurde twee tellen voordat Olivia besefte wat hij zojuist had gezegd. 'Oh, wat erg! Dat spijt me echt verschrikkelijk,' zei ze toen het kwartje eenmaal viel.

'Hoezo?' vroeg Thomas. 'Had jij er iets mee te maken dan?'

Olivia wist niet eens wat ze daarop moest antwoorden. 'Nee, natuurlijk niet. Maar, het is toch erg? Ik voel me een beetje stom dat ik ernaar heb gevraagd. Ze was vast nog heel jong.'

'Dat maakt niet uit hoor, je kon het ook niet weten. Ik praat er niet zo graag over, maar ik denk dat dat voor iedereen geldt die een partner verloren heeft. Ik heb mezelf aangeleerd om er maar een grapje over te maken. De meeste mensen voelen zich dan zo ongemakkelijk dat het vrij snel ergens anders over gaat. Alleen de mensen die het echt willen weten, vragen dan door.'

Nu had Olivia natuurlijk geen keus, maar ze was dan ook oprecht geïnteresseerd. 'Mag ik vragen wat er is gebeurd?'

Thomas zuchtte even diep, misschien teleurgesteld dat zijn afschriktactiek bij haar niet had gewerkt. 'Tja, wat zal ik zeggen. Ze voelde zich al een tijdje niet lekker, maar wachtte te lang met naar de huisarts gaan. Toen ze eenmaal ging, was het natuurlijk al te laat. Eigenlijk was dat heel stom.'

'Hoezo stom?'

'Ach, het is het bekende verhaal. De schilder die z'n eigen huis verwaarloost, de boekhouder die privé niet met geld om kan gaan of, in het geval van mijn vrouw, de arts die niet naar haar eigen lichaam luisterde. Het had waarschijnlijk niet heel veel verschil gemaakt hoor, maar je blijft je toch afvragen of het niet toch anders was afgelopen als ze eerder aan de bel had getrokken. Ben je er nog?' vroeg Thomas toen Olivia niet reageerde op wat hij vertelde.

'Oh sorry,' antwoordde Olivia beschaamd, 'ik dwaalde even af in mijn eigen gedachten.'

'Je vader?'

Ze keek hem stomverbaasd aan. Hoe kon hij dat weten?

Thomas glimlachte. 'Ik hou niet van aannames, maar soms liggen ze voor de hand. Dat je in gedachten raakte nadat ik vertelde over mijn vrouw, betekent dat je óf heel ongeïnteresseerd bent, of dat het je deed denken aan je eigen verdriet. Het eerste leek me niet het geval en aangezien Quinten vertelde dat jullie wonen in het huis dat je vader jullie heeft nagelaten, was het rekensommetje niet zo ingewikkeld.'

Hij noemde het voor de hand liggend, maar in de korte tijd dat Olivia Thomas kende, had ze hem al een aantal keer puzzelstukjes aan elkaar zien leggen die niemand anders aan elkaar zou hebben gelinkt. Maar hij had gelijk. Haar vader was op dezelfde manier aan zijn einde gekomen.

Wat begon als een irritant kuchje, veranderde in een sporadische hoestbui en voor ze het wisten, hoestte hij de longen uit z'n lijf. In het begin had ze hem een paar keer aangespoord om naar de huisarts te gaan, maar Frans Bos liet zich niet vertellen wat hij moest doen. Dat had hij nooit gedaan. Die houding had hem regelmatig geholpen in zijn leven en in zijn werk, maar als het ging om zijn gezondheid was het wat hem uiteindelijk de das om deed.

Toen hij eenmaal per ambulance naar het ziekenhuis moest worden vervoerd omdat hij geen lucht meer kreeg, was er niets meer dat de artsen voor hem konden doen. Haar vader, die nog nooit in zijn leven een sigaret had aangeraakt, bleek longkanker te hebben, uitgezaaid door zijn hele lichaam. Ze hadden hem nog drie weken gegeven, maar dat werden uiteindelijk niet meer dan twee dagen. Waarschijnlijk omdat haar vader zelf had besloten dat zijn afscheid moest zijn zoals zijn leven was geweest: boven alles efficiënt.

'Maar je vrouw was dus arts? Is dat ook hoe jullie elkaar hebben ontmoet?' Olivia zag al voor zich hoe

Thomas op een dag naar het ziekenhuis moest met een levensbedreigende wond en vervolgens werd verzorgd door de mooiste en liefste co-assistent in het ziekenhuis. Ze maakten af en toe een praatje, maar steeds vaker kwam ze even langs als ze er eigenlijk helemaal niets te zoeken had. Op het laatst wisselde ze zelfs haar dagdiensten met nachtdiensten, zodat ze 's nachts uren met elkaar konden praten. De dag dat Thomas ontslagen zou worden uit het ziekenhuis, had hij gevraagd of ze met hem wilde trouwen en over haar antwoord had ze niet eens hoeven nadenken.

'Eh, nee, we hebben samen gestudeerd,' zei Thomas, terwijl hij de fantasie van Olivia zonder pardon aan diggelen sloeg. 'Saai verhaal hè? Uiteindelijk bleek rechtsgeleerdheid niets voor haar, toen is ze geneeskunde gaan studeren. Ik was al een paar keer van studie gewisseld en had eindelijk een richting gevonden die ik interessant vond, dus ik wilde die studie blijven volgen. Tegelijk wilde ik het contact met haar niet verliezen. Dus toen ze besloot om weg te gaan, heb ik gevraagd of ze mijn vriendin wilde worden.'

'Dat heb je gevraagd?' vroeg Olivia verbaasd. 'Als in, je hebt haar letterlijk gevraagd of ze je vriendin wilde zijn? "Wil je verkering met me" of iets in die trant?'

Thomas knikte.

'Dat is echt het meest niet-romantische dat ik ooit heb gehoord. Zoiets vraag je toch niet, dat gebeurt toch gewoon?'

Thomas dacht even na. 'Tja, het gaat meestal wat organischer. Dat gezegd hebbende, de meeste mensen gaan ook uit elkaar, dus of dat nou een goede maatstaf is...'

Olivia moest lachen, daar had hij natuurlijk wel een punt. 'Maar verder dan? Als ik even snel reken, zijn jullie behoorlijk lang bij elkaar geweest. Wilden jullie geen kinderen?'

Een gevoelig punt, merkte Olivia en ze vervloekte haar grote mond. Thomas pakte een paar bierviltjes van tafel en probeerde iets van een kaartenhuis te bouwen. 'Ik wel. Niets liever, eigenlijk. Met de meeste volwassenen kan ik het maar moeilijk vinden. Ze begrijpen me niet, of ik begrijp hen niet. Maar kinderen? Met hen hoef ik vaak maar één blik te wisselen en we begrijpen elkaar. Kinderen zijn zo onbeholpen eerlijk. Zeggen dingen die volwassenen denken, maar nooit zouden zeggen en komen er vaak nog mee weg ook. Misschien omdat ze alleen observeren en niet oordelen.'

'Ja, en ze maken ruzie,' zei Olivia, terwijl ze dacht aan de eindeloze uren die ze met Quinten in de speeltuin had doorgebracht terwijl hij en een vriendje allebei met hetzelfde schepje hadden willen spelen.

'Maar heb je ook gezien hoe ze ruzie maken?' vroeg Thomas.

Olivia wist niet wat hij bedoelde.

'Kijk even naar de familie Janssen. Dit soort conflicten lopen vaak heel hoog op, duren lang en kosten buitensporig veel geld, tijd en energie. Kinderen zouden dat nooit op deze manier doen. Die zouden gewoon op elkaar aflopen en zeggen: 'Ieuw, ben jij haar vriendje? Jij bent oud, ik vind dat raar.' En daarna zouden ze samen gaan spelen en was het klaar.

Dat leek Olivia een vrij accurate beschrijving van kinderen. Maar het beantwoordde haar vraag nog steeds niet. Ze durfde ook niet zo goed door te vragen. Ze had al eens eerder de fout gemaakt om aan een kinderloos stel te vragen waarom ze geen kinderen hadden, om vervolgens te ontdekken dat het maar niet wilde lukken. Dat was voor zowel het stel als voor Olivia heel pijnlijk geweest.

Gelukkig vertelde Thomas uit zichzelf verder.

'Roos was gek op kinderen en eigenlijk wilde ze een heel groot gezin. Maar ze hield ook heel erg van haar werk. Kinderarts was niet alleen haar beroep, het bleek haar roeping. Aan de ene kant was dat fantastisch, aan de andere kant was het aantal uren dat ze draaide niet normaal. Ze kreeg het niet over haar hart om kinderen teleur te stellen. Ze kende alle kinderen die ze behandelde bij naam, maar wist ook uit haar hoofd wat ze mankeerden. Als ze hoorde dat een van haar patiëntjes een afspraak had op een moment dat haar dienst was afgelopen, dan bleef ze langer of kwam ze er zelfs voor terug. Het maakte haar ontzettend geliefd, maar ze pleegde ook roofbouw. Op zichzelf, op onze relatie, maar vooral ook op haar sociale contacten. Roos nam het allemaal voor lief, maar hoe graag ze ook kinderen wilde, het paste niet bij haar leven. Ze had zo vaak met kinderen te maken en zag uiteraard niet alleen kinderen die ziek waren, maar ook kinderen die opgroeiden in gezinnen waar ouders eigenlijk geen tijd voor ze hadden. Ze oordeelde nooit, maar ze besloot dat ze zelf niet zo'n gezin wilde beginnen. Dus stelden we het keer op keer uit, totdat het te laat was.'

Thomas' ogen waren glazig. Zo nonchalant als hij het overlijden van zijn vrouw had medegedeeld, zo geëmotioneerd was hij nu, nu hij vertelde over wie ze was en het gezin dat hij overduidelijk maar wat graag had gehad.

'En nu?' vroeg ze. 'Zie je jezelf ooit nog iemand ontmoeten, misschien zelfs een gezin starten?'

De vraag leek Thomas te storen, alsof Olivia iets ondenkbaars had voorgesteld. 'Ik geloof niet dat dat eerlijk zou zijn,' antwoordde hij enigszins kortaf.

'Denk je dat ze het niet fijn zou hebben gevonden?'

'Nee dat is het niet. Ik denk dat, als je na zoiets een nieuwe relatie begint, je niet nog met je hoofd in de vorige moet zitten. Het is nu anderhalf jaar geleden. Je zou denken dat het dan langzaam een beetje beter wordt, maar ik denk steeds vaker aan haar. Soms...' Thomas aarzelde.

Olivia keek hem alleen maar nieuwsgierig aan.

'Nee, het is een beetje raar. Ander onderwerp.'

'Zeg nou maar gewoon, ik ben echt wel wat gewend hoor.'

Thomas zuchtte. 'Ik heb me er nooit toe kunnen zetten om haar telefoon weg te doen. Soms, als ik heel veel aan haar denk, stuur ik haar nog een appje dat ik van haar hou. Ook al slaat dat nergens op.'

Thomas leek zich te generen voor wat hij haar vertelde, maar Olivia vond het één van de liefste dingen die ze ooit had gehoord. Ze begreep inmiddels wat Wolff had bedoeld toen hij zei dat Thomas een flinke hel had doorstaan, al vroeg ze zich nog altijd af hoe dat er precies voor had gezorgd dat zijn manier van werken zo drastisch was veranderd.

Met elke vraag die ze stelde leek Thomas zich

echter onprettiger te voelen, dus ze besloot niet verder te vissen. Thomas kennende kwamen er nog lunches genoeg. Er was dus tijd zat om hem beter te leren kennen en meer te horen over zijn verleden.

9

'Lekkere vakantie gehad?' zei Olivia. Ze probeerde het sarcasme in haar stem te onderdrukken, maar dat ging niet van harte.

Ze wist dat ze zich onpartijdig moest gedragen, maar ze kon haar frustratie niet helemaal opzij zetten terwijl ze keek naar Chantal Voorst, met haar designerkleren, zongebruinde gezicht en een handtas waar Olivia waarschijnlijk vier maanden hypotheek van kon betalen.

'Het was geweldig,' antwoordde Chantal, die de ondertoon van Olivia niet had begrepen of bewust negeerde. 'Ik heb zoveel lieve mensen ontmoet en het weer was fantastisch. Het was echt precies wat ik nodig had.'

Olivia glimlachte beleefd, maar voelde haar afkeer ten opzichte van deze vrouw groeien. Ze probeerde het er niet eens op te laten lijken dat ze rouwde om meneer Janssen. Geen woord over haar overleden echtgenoot, of over hoe verdrietig ze was. In plaats daarvan zat ze een beetje ontspannen te stralen op de bank in de hal, die maar een paar tinten bruiner was dan zij.

Olivia's blik kruiste die van Zwabber. Hij stond op een ladder en was aan het rommelen met één van de rookmelders. De blik die hij Olivia gaf, begreep ze niet helemaal, maar hij keek er in elk geval heel vrolijk bij.

De deur van het kantoor ging open en daar stond Thomas, in zijn gebruikelijke bruine pantalon en gilet, maar hij had meer aan vandaag. Hij droeg een kleurrijke bloemenkrans om zijn nek en een knalrode plastic zonnebril balanceerde op zijn neus. Olivia wist niet wat ze zag.

'Thomas, hoe...'

Thomas negeerde haar totaal, en riep vrolijk naar Chantal: 'Mevrouw Voorst! Komt u binnen,' terwijl hij een stap opzij deed en hun gast zijn kantoor in leidde. De sympathie die Olivia gisteren voor Thomas had gevoeld tijdens de lunch, verdween als sneeuw voor de zon. Wat was dit voor circus? Een notaris hoorde een respectabele persoon te zijn, niet iemand die eruitzag alsof hij op de laatste dag voor Carnaval nog even geprobeerd had een outfit bij elkaar te sprokkelen.

Olivia draaide zich om naar Zwabber, die inmiddels van zijn ladder af was geklommen en naast haar was komen staan.

'Aardige meid,' zei hij, waarna hij Olivia wederom een vrolijke blik toewierp, even een hand op haar schouder liet rusten en toen verder ging met zijn werk.

Olivia keek naar Elly, hopend dat ze bij haar wat steun zou krijgen, maar haar collega was aan de telefoon en keek intussen met vrolijke fascinatie naar Thomas, die net zijn hoofd door de deuropening stak. 'Bos, kom je ons ook vereren met je aanwezigheid?'

Olivia had absoluut geen zin om bij deze schertsvertoning aanwezig te zijn. Ze begreep weinig van de methoden van Thomas, maar tot nu toe had ze wel het gevoel gehad dat ze allebei in elk geval dezelfde normen en waarden hadden. Maar nu was hij ineens meneer joviaal voor die... die *golddigger*? Olivia kon zich ineens heel goed inleven in mevrouw

Janssen en als het aan haar had gelegen waren ze nu samen het schilderij gaan halen, terwijl Thomas de cliënt ongetwijfeld voor zich wist te winnen met zijn grapjes en blauwe ogen. Chantal was natuurlijk weer beschikbaar, dus wie weet kon ze deze notaris toevoegen aan haar lijst met slachtoffers. Straks prijkte Thomas nog op haar Instagram tijdlijn met een hip filter over zijn gezicht en een cocktail met een parapluutje in zijn hand.

Ondanks haar tegenzin had Olivia weinig keus, dus ze knikte en ging het kantoor van Thomas binnen. Eenmaal binnen bleek dat Thomas nog wat verder was gegaan in zijn tropische ambities. Er stonden namelijk drie felgekleurde drankjes op zijn bureau en hij had zelfs een bijpassend zonnig muziekje opgezet. Nu had Thomas geen radio in zijn kantoor, dus de muziek kwam uit de speaker van zijn - niet al te nieuwe - telefoon en dat klonk op z'n zachtst gezegd nogal knullig. Bovendien stond de hele boel in schril contrast met de muffige geur die nog altijd in de ruimte hing.

'Drankje?' vroeg Thomas. 'Geen zorgen,' fluisterde hij, 'het is stiekem gewoon een smoothie met sinaasappel- en aardbeiensmaak, zonder alcohol. Immers, we willen Wolff natuurlijk niet tegen ons in het harnas jagen door de dag te beginnen met een cocktail.

'Nee,' zei Olivia sarcastisch, 'dat zouden we natuurlijk niet willen. Thomas, wat heeft dit allemaal te betekenen?'

'Mevrouw Voorst, mevrouw Bos, mevrouw Bos, mevrouw Voorst,' stelde Thomas de twee aan elkaar voor.

'Ja, ik herkende u al van de foto's op Instagram,' sneerde Olivia.

'Oh wat leuk!' reageerde Chantal enthousiast. 'Ben je een volger? Sorry dat ik je niet meteen had herkend, er zijn er de laatste tijd zoveel bijgekomen, ik kan het niet meer bijhouden. Ik ga je straks meteen terug volgen.'

Olivia wierp Chantal een gemaakte glimlach toe, maar antwoordde niet.

'Pak een stoel, Bos,' zei Thomas vrolijk, maar Olivia antwoordde dat ze liever bleef staan.

'Mevrouw Voorst,' ging Thomas verder, 'zou eigenlijk nog een week op Ibiza blijven. Maar de heer Walraven, haar advocaat, heeft me met haar in contact gebracht en ik heb het verhaal aan haar uitgelegd. Ze besloot onmiddellijk naar huis te komen om alles in orde te maken. Ik vond dat zo sympathiek, dat ik vond dat deze afspraak wel een klein tropisch tintje verdiende. Zo zit je toch nog een beetje in vakantiesfeer.' Bij deze laatste woorden hief Thomas zijn glas naar Chantal. Zij pakte het hare en tikte het vrolijk tegen dat van Thomas.

'Hm,' mompelde Olivia. Ze moest toegeven dat het heel sympathiek overkwam dat Chantal een week eerder naar huis was gekomen, maar dat had ze misschien zelf ook wel gedaan als dat nodig was geweest om een erfenis van dat formaat veilig te stellen. Ze vond het nog steeds belachelijk dat Thomas zo z'n best deed voor een vrouw die hij niet eens kende en die, net als de familie Janssen, helemaal geen klant was van dit kantoor.

'Ik ben een beetje geschrokken van wat meneer Frank me heeft verteld,' zei Chantal terwijl ze Olivia met grote ogen aankeek. Haar wimpers waren met zoveel mascara ingesmeerd dat ze op plakkerige spinnenpoten leken. 'Ruudepuud heeft echt helemaal nooit iets gezegd over het codicil en het schilderij, ik hoop dat u dat wilt geloven.'

'Dat is eigenlijk helemaal niet zo relevant,' antwoordde Olivia, terwijl ze een beetje moest overgeven in haar mond. Ruudepuud, serieus?

'Het fijne van dit soort documenten is dat het er niet zoveel toe doet of iemand geloofwaardig is of niet, waar het om gaat is of documenten rechtsgeldig zijn,' legde Thomas uit.

Chantal knikte instemmend. 'Ik begrijp het. Ik wil helemaal geen problemen weet u, het is allemaal al vervelend genoeg. Ik weet niets van een codicil, maar als u zegt dat Gerda recht heeft op dat schilderij, dan is dat zo. Ik wil niemand iets ontzeggen. Het is alleen dat...' Chantal aarzelde even.

'Zeg het maar gewoon hoor,' zei Thomas begripvol, terwijl hij Olivia aankeek, 'mevrouw Bos staat hier hetzelfde in als ik.'

Olivia trok een wenkbrauw op. Ze betwijfelde ten zeerste of ze hier hetzelfde in stond als Thomas, aangezien hij als een blad aan de boom leek te zijn omgeslagen en op dit moment allesbehalve de belangen van de familie Janssen leek te behartigen.

'Nou, ik weet niet hoeveel jullie weten over de relatie tussen Ruud en zijn familie, maar de enige met wie hij nog goed kon opschieten was zijn kleinzoon Vincent. Gerda was écht heel erg kwaad dat Ruud en ik gingen trouwen, maar zij was juist de hele reden dat we dat hebben gedaan.'

Olivia keek verbaasd. Thomas, achterover geleund

in zijn bureaustoel met zijn zonnebril op het puntje van zijn neus en zijn smoothie in zijn rechterhand, leek dat erg grappig te vinden.

'Jullie zijn getrouwd om Gerda?'

'Dat klopt,' antwoordde Chantal. Olivia besloot dat het misschien toch beter was om te gaan zitten.

'Toen je me vertelde wat Vincent had gezegd over meneer Janssen en mevrouw Voorst,' begon Thomas zijn relaas tegen Olivia, 'kon ik me niet onttrekken aan de indruk dat er iets niet klopte in dit verhaal. Die jongen mag met zijn dertien jaar dan nog niet heel veel van de wereld hebben gezien, kinderen hebben vaak een veel betere kijk op mensen dan wij volwassenen.'

Dat laatste kon Olivia bevestigen. Nadat Lesley was vertrokken, had ze zich uiteindelijk weer aan het daten gewaagd. Waar zij aanvankelijk vooral lieve, aardige mannen zag, wist Quinten de leugenaars er feilloos uit te vissen en haar zo een hoop hartzeer te besparen.

'Ik was niet verliefd op Ruud,' ging Chantal verder en Olivia moest een kleine glimlach onderdrukken, trots als ze was dat haar voorgevoel over Chantal klopte. Olivia Bos had precies gezien hoe de zaak in elkaar stak.

'En Ruud was niet verliefd op mij.'

Of toch niet.

'Maar jullie zijn wel getrouwd,' zei Olivia verward.

'Ja.'

'Waarom?'

'Om Gerda dus. En nog een paar andere redenen.' Chantal haalde haar schouders op en nam een slokje van haar drankje. 'Lekker zeg! Ik vind dit echt heel leuk. Ik dacht altijd dat notarissen van die saaie mensen waren, maar dit is echt een leuk kantoor.' Ze leek niet eens alleen te duiden op haar smoothie, maar ze keek ook gefascineerd naar de planken vol souvenirs en prullen.

Olivia had nu echt totaal geen idee meer in wat voor zaak ze verwikkeld waren geraakt, maar gelukkig vertelde Chantal verder zonder dat ze ernaar hoefde te vragen.

'Een paar jaar geleden zat ik in een relatie die, eh,' Chantal aarzelde even. 'Nouja, hij sloeg me en schold me verrot om de kleinste dingen. Ik werkte als verkoopster bij een juwelier, en ik zat heel vaak onder de blauwe plekken. Toen mijn filiaalmanager daar commentaar op had, heb ik hem verteld dat ik in mijn vrije tijd aan vechtsport deed. Mijn eerste idee was skydiven, dat heb ik namelijk altijd al eens willen doen, maar daar krijg je meestal geen blauwe ogen van.'

Chantal lachte er een beetje onhandig bij. Olivia wist niet zo goed meer wat ze moest denken. Thomas leek daar geen last van te hebben, hij zat nog steeds achterovergeleund in zijn bureaustoel. Zijn zonnebril had hij inmiddels afgezet, net als de muziek, aangezien dat niet meer paste bij de sfeer in het kantoor.

'Ze zeiden dat ik representatief moest zijn voor dit werk, en dat blauwe plekken daar niet bij pasten. Uiterlijk is natuurlijk heel belangrijk in een toonaangevende sieradenwinkel...'

Olivia's blik veranderde. 'Je gaat me toch niet vertellen dat...'

Chantal knikte. 'Mijn contract werd niet verlengd.

Zogenaamd omdat ik niet goed functioneerde, maar dat sloeg nergens op, niemand daar verkocht zoveel als ik. Heel af en toe moest ik daarvoor een beetje flirten met de klanten. Mijn collega Juan begreep daar niets van, al flirtte die sowieso niet met mensen zonder een liter zwarte make-up rond hun ogen, maar ik zag er geen kwaad in. Alles voor je werk toch?'

Olivia keek even naar Thomas. 'Alles voor je werk,' herhaalde ze, en ineens begreep ze heel goed waarom die twee het prima met elkaar leken te kunnen vinden.

'Maargoed, ik was mijn baan kwijt en heel veel verdere ervaring had ik ook niet. Maar Jake had ook geen baan en hij had gezegd dat hij me af zou maken als we door mij op straat kwamen te staan. En de huur moest natuurlijk wel betaald worden'

'Charmant type,' mompelde Olivia.

'*I know, right?*' antwoordde Chantal, die er op een of andere manier nog met enige luchtigheid over kon praten. 'Ik wist heus wel dat ik bij hem weg moest, maar ik durfde niet. Juan had wel aangeboden dat ik een tijdje bij hem kon logeren, maar hij was net bij zijn vriendin Kim ingetrokken en bovendien wilde ik hem niet in gevaar brengen. Hij is een schat hoor, maar echt niet dat hij tegen Jake op zou kunnen als die zou ontdekken waar ik was.' Chantal schudde haar hoofd bij het idee aan een escalatie tussen Juan en Jake.

'Ik ben toen naar het uitzendbureau gegaan. Ik had een gesprek met iemand, toen we werden onderbroken. Door Ruud!' ze begon te stralen terwijl ze dit vertelde. 'Hij was bij het uitzendbureau zodat zij hem konden helpen om iemand te zoeken voor de klantenservice van zijn bedrijf en hij hoorde mij praten. Ruud bood me ter plekke de baan aan, hij wist nog niet eens wie ik was of wat ik kon. Het voelde gewoon goed zei hij, en zijn gevoel loog nooit.'

'Daar zullen ze bij het uitzendbureau blij mee zijn geweest,' zei Olivia, en ze schrok een beetje van haar eigen cynisme.

'Oh, nee, zo was Ruud helemaal niet, verdedigde Chantal hem onmiddellijk. Ik was nog helemaal niet ingeschreven daar, maar hij drong erop aan dat ze dat alsnog deden. Hij wilde absoluut niet dat hij ze van hun werk zou beroven. Maar ze wilden er niets van weten, dat was een heel gekke discussie. Uiteindelijk heeft Ruud ze een grote taart gestuurd om ze te bedanken. Dat had helemaal niet gehoeven, maar zo was hij.'

Olivia begon te twijfelen. Hoe graag ze ook een hekel had gehad aan Chantal, ze klonk oprecht heel aardig en de manier waarop haar ogen oplichtten wanneer ze over 'haar Ruud' sprak, was onmogelijk gespeeld.

'De eerste maanden dat ik bij Ruud werkte waren best lastig. Ik wist niets van klantenservice, ik was gewend om in een winkel te staan en nu zat ik ineens hele dagen achter de computer. Ik heb zóveel verknald daar, dat wil je niet geloven. Dat het hele bedrijf niet failliet is gegaan, is een wonder. Maar Ruud bleef maar aardig, hij werd nooit boos en hij zei steeds dat je zonder fouten niets leert. Na een paar maanden ging het steeds beter en uiteindelijk kreeg ik er echt plezier in.'

Ineens betrok Chantals gezicht en veranderden haar stralende ogen in een donkere en serieuze blik.

'Het ging mis?' probeerde Olivia.

'Nee. Nouja, niet op het werk, want ik ging er echt met veel plezier naartoe. Om wat voor reden dan ook had Jake het daar moeilijk mee. Ik praatte te vaak over Ruud en hij beschuldigde me ervan dat ik met hem naar bed ging.'

'En ging je dat?' Thomas keek Olivia enigszins verontwaardigd aan, maar Olivia vond dat de vraag gesteld moest worden.

'Nee joh, wat denk je zelf?' beet ze van zich af. 'Ruud was dik in de tachtig. Ik vind oudere mannen best aantrekkelijk,' zei ze, terwijl ze wat Olivia betreft even net een seconde te lang naar Thomas keek, 'maar Ruud had mijn opa kunnen zijn. Ik trek wel ergens een grens, hoor.'

'En toch waren jullie getrouwd,' zei Olivia, die wat zachter ging praten om haar verontwaardiging te verbergen.

'Ja, om Gerda,' antwoordde Chantal wederom rustig, alsof dat een volstrekt normaal en logisch antwoord was. 'Ik drukte Jake op het hart dat Ruud gewoon een hele aardige werkgever was die een beetje voor me probeerde te zorgen, maar dat was water op het vuur!'

Kun je nagaan als het olie was geweest, dacht Olivia, maar ze besloot haar niet te verbeteren. Ze had geen zin in nog zo'n blik van Thomas.

'Hij ging volledig door het lint. Mijn gezicht was zo'n puinhoop dat ik niet eens naar kantoor durfde. Ik heb me ziekgemeld bij Ruud, maar hij hoorde direct dat er iets aan de hand was. Het praat een beetje moeilijk met een gekneusde kaak, zie je? Een half uur later stond hij bij me op de stoep.'

'Oei,' reageerde Olivia, die zich kon voorstellen dat een fysieke confrontatie tussen Ruud en Jake nog slechter zou uitpakken dan tussen Juan en Jake.

'Jake was gelukkig niet thuis, hij zat in de kroeg,' gaf Chantal aan met een blik die duidelijk maakte dat dat eerder regel dan uitzondering was geweest. 'Maar Ruud was laaiend. Zodra hij mijn gezicht zag, wist hij meteen wat er aan de hand was. Hij heeft me toen gevraagd om een koffer te pakken en daar zoveel mogelijk persoonlijke spullen in te stoppen die belangrijk voor me waren. Over de rest moest ik me geen zorgen maken zei hij. Ik was zo bang dat Jake zou thuiskomen, maar dat deed hij niet. Ik heb de deur achter me dichtgetrokken en ben nooit meer teruggegaan naar dat huis.'

'En je vriend pikte dat zomaar?' Olivia merkte wederom dat ze voortdurend kritische vragen stelde, maar ze kon zich gewoon niet inhouden. De manier waarop Thomas in zijn stoel zat en naar Chantal keek, gaf haar het gevoel dat als zij die vragen niet zou stellen, dat niemand het zou doen.

'Nee, niet echt. Ik had natuurlijk met mijn stomme kop heel veel verteld over mijn werk, dus hij wist precies waar hij moest zijn. Soms hoorde ik dagen niets van hem, en dan ineens stond hij weer voor de deur van het gebouw, met een honkbalknuppel. We hebben de politie gebeld, maar die konden niet zoveel doen. Uiteindelijk hebben we geprobeerd een straatverbod en contactverbod aan te vragen'.

'Het klinkt alsof dat niet gelukt is,' constateerde Olivia.

'Was niet nodig,' antwoordde Chantal. 'Nog voordat de aanvraag was afgehandeld had Jake zich dronken te pletter gereden. Tegen een boom godzijdank, niet tegen een andere auto. Sorry als dat ongevoelig klinkt, maar...'

'Geen zorgen,' onderbrak Olivia haar, 'ik begrijp wat je bedoelt. Geen burgerslachtoffers enzo. Maar ik begrijp nog steeds niet hoe dit nu allemaal in elkaar zit. Hoe ben je uiteindelijk met Ruud getrouwd? En waarom? Ja, om Gerda, dat hebben we nu gehoord, maar waarom?'

Chantal glimlachte. 'Het is ook allemaal best een beetje raar. Ik kon nergens heen, dus Ruud bood me aan om een tijdje bij hem in huis te komen wonen. Hij had ruimte genoeg, en kon het gezelschap ook wel gebruiken. Hij is echt heel eenzaam geweest nadat zijn vrouw overleed, weet je. En het was écht gezellig. We ontbeten samen, aten 's avonds samen, keken samen televisie, speelden spelletjes... Het klinkt misschien supersaai, maar mijn leven daarvoor was zo'n puinzooi dat ik echt even heel gelukkig werd van saai. Rust en regelmaat was precies wat ik nodig had. Ruud was een echte vriend, op een manier die ik nog niet kende. Zo een die je misschien één keer in je leven tegenkomt. Hij zorgde voor me, hij was aardig voor me en vroeg daar niets voor terug. En ik denk dat ik dat in zekere zin ook voor hem bood. Ik was misschien niet verliefd op Ruud, maar ik hield wel van die man. En hij van mij, dat weet ik zeker.'

Een eenzame traan rolde vanuit Chantals ooghoek over haar wang, een licht mascaraspoor achterlatend. Met haar vingertoppen met lange, knalroze nagels eraan veegde ze haar wang voorzichtig weer droog.

Olivia voelde zich schuldig. 'Aannames zijn levensgevaarlijk, Bos,' had Thomas nog niet zo lang geleden tegen haar gezegd en hij had gelijk gehad, al kon ze alleen dat al niet uitstaan. Ze was volledig meegegaan in het verhaal van mevrouw Janssen en Chantal had zo voldaan aan het beeld dat Olivia van een golddigger had, dat ze haar geen enkel moment het voordeel van de twijfel had gegeven, terwijl ze dat nu duidelijk wel had verdiend. Mevrouw Janssen mocht dan recht hebben op haar schilderij, Chantal was in ieder geval niet de heks die ze had afgeschilderd. Maar had Olivia mevrouw Janssen echt zo verkeerd ingeschat? Het antwoord daarop volgde vrijwel direct.

'We hadden het echt goed samen. We hadden een bepaalde routine opgebouwd waar we allebei heel tevreden mee waren. En toen was daar Gerda,' zuchtte Chantal. 'Het ging al een tijdje niet zo lekker met de gezondheid van Ruud, en Gerda had via via gehoord dat ik bij hem was ingetrokken. Via via ja, want ze nam zelf niet vaak contact met hem op. Ik was in haar ogen meteen de slechterik. Ze beschuldigde me ervan dat ik haar vader manipuleerde, en dat ik alleen maar met hem naar bed ging voor zijn geld. Het geld waar zij recht op had.' Chantal lachte schamper.

'Heb je dan niet uitgelegd hoe het zat?' vroeg Olivia.

'Dat had geen zin joh. Ze stond zo te razen tegen mij en Ruud, ze wilde nergens naar luisteren. Ze vroeg niet eens hoe het met hem ging, ze had het alleen maar over dat stomme schilderij en dat ik niet moest denken dat ik alles van haar af kon pakken.

Gelukkig leer je veel als je in een juwelierswinkel werkt en soms iets te veel sjans hebt met iemands partner of vader; in discussie gaan is het laatste wat je moet doen. Ze willen toch niet luisteren.'

Olivia wist niet of ze deze dubieuze levenswijsheid op een tegeltje wilde hebben, maar ze geloofde het verhaal van Chantal wél. Het probleem was dat ze mevrouw Janssen minstens zo geloofwaardig had gevonden, terwijl één van de twee toch echt aan het liegen was.

'Het bleef niet bij dat ene bezoek,' ging Chantal verder. 'Gerda bleef ons maar lastigvallen en haar toon werd steeds agressiever. Ruud wilde niets naars zeggen of horen over zijn dochter, en dat snapte ik natuurlijk wel, maar hij had wel besloten dat, als hij dood zou gaan, hij alles aan mij wilde nalaten.' Chantal zuchtte.

'Niet dat Gerda dat ooit gaat geloven, maar ik heb hem dat echt uit zijn hoofd proberen te praten. Ik bedoel, ze is wel zijn dochter, ze heeft daar naar mijn idee gewoon recht op. Maar Ruud vond van niet. Hij zei dat zijn dochter het geld absoluut niet nodig had en dat hij mij het leven wilde geven waarvan hij vond dat ik er recht op had. Na het zoveelste bezoekje van Gerda was ik het zat. Ik besloot hem niet meer tegen te spreken hierover en erin mee te gaan.'

Chantal voelde zich er duidelijk ongemakkelijk bij. 'Weet je,' zei ze, alsof ze Olivia's gedachten kon lezen, 'ik ben niet de slimste persoon op deze planeet, maar ik weet heus wel wat mensen van me denken. Ik zag dat meteen in je ogen.'

Olivia voelde zich betrapt.

'Het geeft niet, maar ik hoop dat je me gelooft als ik zeg dat ik niet vond dat ik hier recht op had. Het was Ruud die er maar op bleef hameren.'

'En daarom zijn jullie getrouwd?'

Chantal knikte.

Het klonk eigenlijk vrij logisch. 'Maar,' moest Olivia toch vragen, 'waarom ben je na het overlijden van Ruud dan losgegaan als een of ander feestbeest op Ibiza? Je komt op me over als een sympathieke en attente vrouw, je snapt toch wel dat dat een klap is in het gezicht van mevrouw Janssen?'

'Ik weet het,' zei Chantal. 'Het was ook niet mijn idee. Vlak nadat Ruud was overleden, kreeg ik van hem een brief. Hij had alles geregeld. Mijn ticket, het hotel, hij had zelfs gezorgd dat alles daar betaald was. Omdat hij niet wilde dat ik te lang om hem zou rouwen, omdat hij wilde dat ik van mijn leven ging genieten. En omdat hij wilde voorkomen dat ik na zijn dood meteen te maken zou krijgen met Gerda. Hij kende haar natuurlijk langer dan vandaag. Ik wilde eigenlijk niet gaan, maar hij was nog geen uur begraven, of ik had al drie berichtjes en twee voicemails van Gerda.

'Ik ben toen zonder nadenken in de trein gestapt naar het vliegveld en vertrokken. Ruud had geregeld dat ik iedere dag ontbijt op bed kreeg en elke dag zat er een briefje van hem bij met dezelfde boodschap. "Geniet! Doe het voor mij." En dat heb ik gedaan. Het voelde gek, het voelde soms een beetje fout, maar elke ochtend opnieuw zei Ruuds briefje dat het goed was. En ik weet dat ik dit misschien niet mag zeggen nadat ik iemand heb verloren die zo belangrijk voor me was, maar het was echt fantastisch. Ik heb genoten daar. Ik voelde me eindelijk een beetje als andere achtentwintigjarigen.'

Thomas keek Olivia aan. Begrijp je het nu, leek hij met zijn blik te willen zeggen voordat hij zich tot Chantal wendde.

'En toen was daar ineens mevrouw Janssen met dat codicil.'

Chantal haalde haar schouders op. 'Ja, ik was daar nogal verbaasd over. Ik weet helemaal niets van dat codicil, Ruud heeft het daar nooit over gehad. Terwijl we nooit geheimen voor elkaar hebben gehad. Ik dacht altijd dat ik alles wist.'

'Betwist je de echtheid ervan?' vroeg Olivia. 'Ik bedoel: ben je bang dat het nep is?' verduidelijkte ze toen Chantal haar vragend aankeek.

'Oh, nee, nee helemaal niet. Nadat ik Thomas had gesproken ben ik direct naar huis gekomen. Ik weet dat Ruud alles aan mij heeft nagelaten, maar als Gerda recht heeft op dat schilderij, dan moet ze dat gewoon krijgen.'

Olivia knikte instemmend. Het stelde haar gerust dat haar eerste zaak met Thomas, ondanks het bizarre verhaal, alsnog een vrij eenvoudig einde leek te gaan krijgen.

'Geen denken aan,' zei Thomas zacht maar vastberaden.

Of niet.

10

'Hij zei wát?' riep Wolff.

Olivia zuchtte diep. Ze was inmiddels gewend aan Wolff en zijn geschreeuw en hij intimideerde haar niet meer, maar erg gelukkig werd ze er ook niet van. Meer dan eens had ze zich de afgelopen week afgevraagd of ze niet een grote fout had gemaakt door deze baan te accepteren. Die twijfel was al ingewikkeld genoeg, maar nu kwam er dus ook nog eens bij dat ze het gevoel had Thomas iets verplicht te zijn, nu hij haar had geholpen met haar huis. Hoewel ze hem daar heel dankbaar voor was, voelde het nog steeds alsof er iets illegaals had plaatsgevonden, ook al hadden zowel Thomas als de bank haar op het hart gedrukt dat dit geen vreemde gang van zaken was.

Na wat doorvragen had Olivia ontdekt dat het telefoontje dat Thomas naar de bank had gepleegd, was gepleegd vanuit zijn functie. Hij had gebeld als notaris Thomas Frank, niet Thomas Frank de normale burger die toevallig een kennis van Olivia was, met de mededeling dat hij garant stond voor het feit dat Olivia aan haar verplichtingen zou kunnen voldoen. Als haar werkgever was dat iets dat hij ook daadwerkelijk mocht doen, maar het maakte haar rol binnen deze organisatie vrijwel onmogelijk.

Ze had het gevoel dat ze nu niet naar Wolff kon gaan wanneer ze dacht dat dat nodig was, omdat ze Thomas iets verschuldigd was. En dat was precies waarom ze hier nu in zijn kantoor zat, om te melden dat Thomas er persoonlijk voor ging zorgen dat mevrouw Janssen het schilderij waar zij volgens het codicil recht op had, niet in handen zou krijgen.

'Hoe haalt die man het in zijn hoofd?' Wolff beende zo hard heen en weer in zijn kantoor dat Olivia vreesde dat hij uiteindelijk door de vloer zou zakken. Even vroeg ze zich af of zij, als Wolff moest revalideren van zijn verwondingen die hij had opgelopen bij het door de vloer zakken, zijn protocol zou mogen overnemen, maar de bubbel van die fantasie prikte Wolff snel door met zijn luide stem.

'Zijn we nog steeds aan het observeren?' vroeg hij sarcastisch.

'Absoluut!' antwoordde ze gemaakt zelfverzekerd.

'Mevrouw Bos, heeft u enig idee hoeveel geld dit kost? Aan uren, aan lunches, voor een cliënt die officieel nog niet eens een cliënt is, en, als Thomas zijn zin krijgt, dat waarschijnlijk ook niet zal worden?'

Olivia knikte. 'Daar heb ik wel een beeld bij ja. Maar wat het ook kost, het is maar een fractie van wat het gaat kosten als u mij niet mijn werk laat doen. Dan krijgt hij namelijk de kans om dit kunstje keer op keer opnieuw uit te halen.' Wolff stopte met ijsberen en ging achter zijn bureau zitten, met een blik die Olivia duidelijk aanspoorde om uitleg te geven.

'Meneer Wolff,' zei Olivia op serieuze toon. 'Ik wil echt niet respectloos overkomen, maar u heeft mij gevraagd om ervoor te zorgen dat de heer Frank zich aan de regels houdt en niet meer allerlei avonturen beleeft op kosten van de zaak, zonder dat er iets binnenkomt. Dat klopt toch?'

Wolff knikte.

'Ik neem mijn werk en dit bedrijf heel erg serieus.

Dus vraag ik u: wilt u dat ik doe wat u mij gevraagd heeft? Of wilt u dat ik u nu de antwoorden geef die u graag wilt horen, zodat het lijkt alsof ik mijn werk heb gedaan?'

'Ik eh...' het was de eerste keer dat Olivia Wolff zag worstelen met zijn reactie, en ze moest haar best doen om ervoor te zorgen dat hij niet van haar gezicht kon aflezen dat ze daar stiekem van genoot.

'Laat ik het anders voor u invullen,' ging Olivia verder, 'ik ben hier in elk geval niet gekomen om u de antwoorden te geven die u wilt horen, ik ben hier gekomen om u de antwoorden te geven die u nodig heeft. En dat kan ik écht alleen maar doen als ik van begin tot eind kan observeren hoe de heer Frank te werk gaat.'

Wolff zei niets en keek haar een beetje schaapachtig aan.

'Als ik telkens wanneer ik verslag doe van wat de heer Frank doet op het matje word geroepen, kan ik niet doen wat u van me verlangt. Dus wat ik eigenlijk wil voorstellen: óf u laat me nu mijn werk doen, óf we schudden elkaar de hand en ik ga naar huis.'

Olivia voelde haar stem trillen en ze hoopte dat Wolff het niet kon horen. Natuurlijk wilde ze niet naar huis, maar ze meende wel wat ze gezegd had, al kostte het al haar moed om haar baas op deze manier toe te spreken. En in alle eerlijkheid, om een dominante man op deze manier toe te spreken, maar dat had meer te maken met haar eigen problemen dan met het gedrag van Wolff. Ze had verwacht dat hij volledig zou ontploffen, maar in plaats daarvan verscheen er een glimlach op zijn eerder zo norse gezicht.

Hij stond op en reikte haar de hand. Olivia voelde haar hart in haar keel kloppen, ze had niet gedacht dat Wolff daadwerkelijk voor de laatste optie zou kiezen. Ze kon en mocht deze baan niet verliezen, de ellende met haar huis was net opgelost. Thomas had weliswaar gezegd dat ze hem niets verschuldigd was, maar als ze niet meer voor dit bedrijf werkte, zou hij onmogelijk garant voor haar blijven staan, daar was ze van overtuigd.

Olivia haalde even adem, deed een stap naar voren en schudde zijn hand. Ze deed haar best om er een ferme handdruk van te maken, om niet zwak over te komen.

'Ik denk, mevrouw Bos,' zei hij, 'dat u precies bent wat we hier nodig hebben. Ik zal u voorlopig even met rust laten.' In zijn blik zag Olivia dat hij het meende, maar ook dat hij een beetje genoot van de onzekerheid die hij haar net had laten voelen. Als ze hem langer had gekend, had ze Wolff een stomp op zijn schouder gegeven, maar verder dan een veelzeggend knikje durfde ze nu niet te gaan. Ze waren aan elkaar gewaagd, zoveel was duidelijk en voor het eerst had Olivia het gevoel dat ze op haar plek zat in dit bedrijf. Waar ze zich precies bevond in de machtsverhouding tussen Wolff en Thomas, daar was ze nog niet helemaal uit, maar Wolff gaf haar de tijd, en die besloot ze te nemen.

* * *

'Gaat het?' vroeg Elly vanachter haar bureau.

'Wat dan?' vroeg Olivia gemaakt onwetend.

Elly gaf haar een blik waarmee voor Olivia direct

duidelijk werd dat je met haar geen spelletjes moest spelen. Die vrouw wist echt alles dat zich afspeelde binnen de muren van het kantoor.

'Hoe weet jij dat er iets zou kunnen zijn?'

Elly glimlachte. 'Toe zeg, zo moeilijk is dat niet. Je ging gespannen naar binnen en komt opgelucht naar buiten. Dan was het een goed gesprek.'

'Dat, en de muren zijn hier van karton!' voegde Zwabber eraan toe, die aan het bureau van Elly was komen staan, een plek waar hij overigens regelmatig te vinden was. In haar eerste week had Olivia zich afgevraagd of die twee meer hadden dan alleen een werkrelatie, maar los van het feit dat ze twintig jaar van elkaar verschilden, leek er van spanning tussen Zwabber en Elly geen sprake. Wel leken ze met elkaar te kunnen lezen en schrijven en, zoals nu ook weer bleek, met z'n tweeën waren zij altijd op de hoogte van alles dat er binnen de muren van dit pand gebeurde. Aan de ene kant gaf dat Olivia het gevoel dat ze op haar woorden moest passen in hun bijzijn, maar tegelijkertijd waren zowel Elly als Zwabber niets dan lief en behulpzaam voor haar geweest.

'Ja, het gaat wel,' antwoordde Olivia. 'Ik moest gewoon even van me afbijten.'

'Heel goed, meid,' zei Elly. 'Waldrick kan heel goed blaffen, maar hij bijt niet hoor. Terugblaffen is soms echt het beste.'

Olivia glimlachte, dankbaar voor de steun van haar collega.

'Mag ik een brutale vraag stellen?' Ze zag haar kans schoon en wachtte niet eens op antwoord. 'Aan wiens kant staan jullie eigenlijk?'

'Kant?' vroeg Zwabber.

Olivia knikte.

'Lieverd,' antwoordde Elly op moederlijke toon, 'we zitten hier niet in een oorlog. Er zijn geen kanten. Waldrick geeft om dit bedrijf en Thomas net zo hard. Ze hebben alleen een andere manier van werken en Thomas, tja, die is nog steeds op zoek.'

'Op zoek? Naar?' Olivia besefte nu pas dat alles wat ze over Thomas wilde weten, gewoon in het hoofd van deze twee mensen zat. En dat het heel lang geleden was dat iemand haar lieverd had genoemd. Ze voelde zich een beetje warm worden vanbinnen.

'Vooral naar zichzelf. En naar een manier om het gevoel te hebben dat alles wat er gebeurd is, zin heeft gehad.'

Dat was uiteraard het perfecte moment voor Olivia om door te vragen wat nu precies het grote leed van Thomas was, en waarom het zo'n invloed had op zijn werk. Ze wist dat zijn vrouw was overleden en ze begreep uiteraard dat dat een enorme impact had, maar niet hoe dat Thomas had veranderd van een gewone notaris in iemand die met een zonnebril op en een Hawaii-krans om zijn nek een gesprek heeft met een partij die juist niet de belanghebbende was in de zaak.

'Het is niet aan ons om andermans verhaal te vertellen,' zei Elly. 'Doorgaans kunnen mensen dat veel beter zelf doen wanneer ze er klaar voor zijn. En bovendien, zoals Wolff je ook al eens heeft verteld: privacy is iets dat hier hoog in het vaandel staat.'

Had deze vrouw soms een supersonisch gehoor? Niet voor het eerst was Elly op de hoogte van dingen waar ze zelf weinig mee te maken had en waar ze niet bij was geweest.

Olivia keek teleurgesteld.

'Thomas praat er niet graag over, en al helemaal niet met mensen die hij niet goed kent. Maar als de tijd rijp is, dan zal hij je vertellen wat er precies is gebeurd, daar ben ik van overtuigd,' probeerde Zwabber haar op te vrolijken. 'We kunnen allemaal van mijlenver zien dat hij op je gesteld is en dat hij je vertrouwt, maar sommige herinneringen deel je niet te pas en te onpas. Geef het wat tijd, dan vertelt hij het wel wanneer hij er klaar voor is.'

Olivia baalde van het feit dat ze geen antwoord kreeg, maar besefte tegelijkertijd dat de reden dat deze twee zoveel over het bedrijf wisten, was dat zij met dit soort informatie te vertrouwen waren. Wat het geheim van Thomas dan ook mocht zijn, het moest iets zijn dat hem een geldige reden gaf om te doen wat hij deed, anders zou zowel Zwabber als Elly hem nooit zo de hand boven het hoofd houden. Wat het ook was, als Olivia haar werk goed wilde doen, moest ze er zo snel mogelijk achter komen.

Ze had het Thomas graag op de man af gevraagd, maar zelfs als haar nu een geschikt moment had geleken, had dat niet gekund, want Thomas gaf al twee dagen niet thuis. Hij was óf onderweg, óf aan de telefoon, óf had zijn deur op slot. Het beviel Olivia niets dat ze geen idee had waarmee hij bezig was, maar volgens Zwabber hoefde ze zich geen zorgen te maken en was dit simpelweg een teken dat hij iets op het spoor was. Ze vroeg zich af wat dat kon zijn, want wat haar betreft was de zaak heel simpel: erfenis voor Chantal Voorst, schilderij voor mevrouw Janssen, dikke factuur voor Wolff en van Gelder, iedereen blij. Maar voor Thomas was dit blijkbaar een groot mysterie dat opgelost diende te worden en daar was hij nu mee bezig. Wat het ook was, ze hoopte dat het niet al te lang zou duren, want de tijd die Wolff haar gegeven had, zou uiteindelijk toch een keer opraken.

11

Wanneer Olivia Thomas' kantoor binnenliep om hem te herinneren aan zijn lunchpauze, was ze eraan gewend geraakt dat hij even naar haar glimlachte. Vandaag keek hij echter ernstig. Olivia deelde zijn sombere stemming. Ze was niet meer bang voor haar baan, het gesprek met Wolff had haar wat tijd gegeven, maar ze maakte zich wel degelijk zorgen over hoe de familie Janssen het nieuws zou oppakken. Zij waren immers de partij die naar Thomas toe was gekomen en hij was op eigen houtje gaan praten met de andere partij.

De familie was weliswaar nog geen officiële cliënt van het kantoor, maar Olivia vond het niet moeilijk om voor te stellen dat zowel Thomas als het kantoor alsnog in de problemen zou komen als mevrouw Janssen een officiële klacht zou indienen bij de Koninklijke Notariële Beroepsorganisatie.

Inmiddels begon ze steeds beter door te krijgen waarom Wolff haar in deze positie had gezet. Thomas was als een tikkende tijdbom onder het kantoor, en hoe nobel zijn intenties ook waren, de vraag was niet óf het bedrijf hier hinder van ging ondervinden, maar wanneer.

'Dit alles verloopt niet geheel volgens plan,' vatte Thomas haar gedachten beknopt samen.

Voor de verandering hadden de twee niet afgesproken in Le Corridor, maar had Thomas ervoor gekozen om buiten een wandeling te maken. Niets beters dan de benen strekken en wat frisse lucht om de gedachten te ordenen, had hij gezegd.

Olivia genoot stiekem enorm van hun lunches samen, maar zelfs een salade geitenkaas won het niet van een wandeling in de lentezon. De bomen waren weer groen, ze hoorde overal vogels fluiten en bovendien betekende het dat ze haar boterhammen kon opeten en ze niet tot morgen hoefde te bewaren, wanneer ze droog en taai zouden zijn.

Over de inrichting van het kantoorpand van Wolff en van Gelder was Olivia niet echt te spreken, maar de locatie was fantastisch. Niet te ver van het centrum, uiteraard op loopafstand van Le Corridor, en omringd door bloesembomen die een paar weken terug prachtig roze waren geweest maar nu het wandelpad hadden bedekt met een roze-witte laag blaadjes, waande Olivia zich bijna op vakantie wanneer ze hier zonder jas liep.

Er liep een perfect looproute om het pand heen, waardoor je, als je niet te snel liep, precies in het halfuur lunchtijd weer uitkwam bij het kantoor. Niet dat Olivia daar veel aan had, want negen van de tien keer eindigde ze met Thomas in de lunchroom, dus de wandeling van vandaag was erg verfrissend.

Op driekwart van de wandeling bevond zich een lange strook gras met bomen aan beide kanten, en af en toe een bankje. Thomas koos een van de bankjes uit en Olivia ging naast hem zitten. Ze gaf hem de helft van haar lunch - drie sneetjes bruin brood met kaas en een mini Twix die ze vakkundig verstopte achter haar hand zodat Thomas het stuk chocola niet zou opeisen - want hij had uiteraard niets meegenomen. Hij was niet iemand die 's ochtends brood belegde en in een trommeltje meenam om 's middags op te eten.

'Thomas,' begon Olivia voorzichtig, 'als je dit niet héél zeker weet...'

'Oh, 1000 procent, Bos,' antwoordde Thomas resoluut. Een spiertje bij zijn kaak bewoog onder zijn huid.

Olivia had er een hekel aan wanneer mensen dat deden. Het hele concept van percentages was dat je iets kunt meten, alles boven de 100 sloeg nergens op, en als notaris zou uitgerekend Thomas dat moeten weten. De blik op zijn gezicht deed haar echter vermoeden dat hij precies wist hoe zij hierover dacht, en dat hij het waarschijnlijk zelfs om die reden had gezegd. Ze besloot niet te happen.

Zonder te wachten op Olivia's volgende vraag, deed Thomas uit de doeken waarom hij zo zeker was van het feit dat mevrouw Janssen in werkelijkheid helemaal geen recht had op het schilderij dat ze zo graag wilde hebben. Zo had ze aan Thomas en Olivia verteld dat haar vader het schilderij had gekocht bij een galerie op hun vakantieadres.

Tijdens dat eerste gesprek was Thomas al achterdochtig geweest, en hij had later bij mevrouw Janssen opgevraagd om welke galerie het ging. Mevrouw Janssen bleek geen domme leugenaar en had haar antwoord direct klaar. De kunstgalerie die ze noemde in het plaatsje in Italië waar het gezin Janssen altijd naartoe ging, had daadwerkelijk bestaan. Tot en met 1994, daarna was het failliet gegaan. Dat was handig want daardoor kon Thomas vrij weinig informatie over de winkel achterhalen, behalve dan dat de galerie daadwerkelijk schilderijen van de Italiaanse schilder Pavanetto had verkocht.

'Waar mevrouw Janssen niet bij had stilgestaan,

was dat er gewoon een Wikipedia-pagina was van Pavanetto waarop zijn werken geregistreerd waren en dat hij Il cielo stellato pas in 2004 had geschilderd.' Olivia was onder de indruk van Thomas' Italiaanse accent, al was ze niet bepaald een kenner op dat gebied. En hoe triviaal ook, stiekem vond ze het fijn om te weten dat er dus een sterrenhemel op stond afgebeeld, geen water.

'Het hele verhaal over Gerda's moeder en haar fascinatie voor het schilderij was dus gewoon verzonnen?' had Olivia in shock gevraagd. Niet alleen vond ze dat steenkoud, maar ze had het verhaal zo prachtig en romantisch gevonden. Als er niets van waar bleek, zou dat nogal een anticlimax zijn.

Het was nog erger, had Thomas haar uitgelegd, want schilders met een eigen Wikipedia-pagina zijn doorgaans geen schilders die weinig opleveren en Il cielo stellato was inmiddels dan ook maar liefst 2,5 miljoen euro waard, meer dan de rest van de hele erfenis van Ruud Janssen bij elkaar. Nu had mevrouw Janssen natuurlijk nooit beweerd dat het schilderij niets waard was, maar dat ze geen idee had hoeveel het precies waard was, was aannemelijk een keiharde leugen. Net als het hele verhaal over het codicil dat haar vader op de avond voor zijn bruiloft zou hebben getekend.

Olivia voelde de woede in zich opborrelen. Want ja, het was heel ongepast geweest van Thomas om in het achtergrondverhaal van mevrouw Janssen te duiken, al zou hij dat nog kunnen verklaren met een waardebepaling van het schilderij, maar dat iemand zó ver wilde gaan om haar eigen overleden vader op te lichten, daar kon Olivia met haar verstand niet bij.

"Zodra je gaat begrijpen waarom ze doen wat ze doen, ben je al iets meer geworden zoals zij" herinnerde ze zich voor de zoveelste keer de opmerking van haar vader. Daarbij had ze het echt heel erg dom gevonden dat mevrouw Janssen het hele Wikipedia-verhaal had gemist, maar dat was Thomas niet met haar eens geweest.

'Zoals ik je al eerder heb verteld, Bos, gaat het in het notariaat lang niet altijd om de waarheid. Het gaat erom of het is vastgelegd en of dat aangetoond kan worden. De uitspraak *Wat de notaris zegt is waar* bestaat niet voor niets, al zou ik liever zeggen dat wat de notaris zegt vooral bindend is. In het geval van mevrouw Janssen had het niet zo heel ingewikkeld hoeven zijn, ze wist dat mevrouw Voorst niet zat te wachten op gedoe, geen idee had van dit schilderij en waarschijnlijk het codicil niet in twijfel zou trekken. Kortom: akte passeren, schilderij overhandigen, en missie geslaagd.'

Helaas was mevrouw Janssen dus naar precies de verkeerde notaris gegaan. Waarschijnlijk had ze gedacht dat zijn reputatie als goedzak ook betekende dat hij goedgelovig was, maar dat dit allerminst het geval was, dat was Olivia inmiddels duidelijk. Waar ze zich eerder had afgevraagd aan welke 'kant' Elly en Zwabber stonden, zette ze diezelfde vraagtekens nu bij zichzelf. Het was weliswaar haar werk om ervoor te zorgen dat Thomas zich aan de regels hield en ze moest aan het eind van dit verhaal verantwoording afleggen aan Wolff, maar in alle eerlijkheid zou ze zichzelf nooit meer recht aan kunnen kijken als ze nu doodleuk mee zou gaan in het verhaal van mevrouw Janssen, simpelweg omdat er een codicil was dat niet betwist werd door Chantal en omdat het geld binnen zou brengen.

Als ze op dit moment een kant zou moeten kiezen, zou het ongetwijfeld die van Thomas zijn, zelfs al zou haar dat haar baan kosten.

'Maar hoe weet je zo zeker dat het codicil niet echt is?' vroeg Olivia. Dat, gezien alle leugens, de kans groot was dat ook dit deel gelogen was leek haar aannemelijk, maar met aannemelijk kom je niet heel ver als het om juridische zaken gaat.

'En daar zit ons probleem,' antwoordde Thomas.

Nadat Olivia met Vincent Janssen had gesproken in de gang en hij haar had verteld over de brieven van zijn opa, had Thomas hem zijn kantoor ingeroepen. Hij had hem gevraagd of hij een brief even mocht lenen, om een vergelijkend handschriftonderzoek te doen, met behulp van documenten van Ruud Janssen. Daarmee had hij willen aantonen dat de tekst op het codicil en de handtekening van meneer Janssen niet door hemzelf waren gezet, maar door zijn dochter, Gerda, waarmee de geldigheid van het codicil automatisch zou komen te vervallen.

'Maar?' Het klonk Olivia als een prima plan in de oren, het klonk alleen niet alsof het onderzoek de uitkomst had die Thomas had gehoopt.

'Óf mevrouw Janssen heeft het geluk dat de puzzelstukjes precies goed voor haar zijn gevallen, of ze is zo gewiekst dat ik er écht naar van word,' zei Thomas.

Het bleek namelijk dat, voordat Chantal in het leven kwam van Ruud Janssen, zijn dochter Gerda de meeste zaken voor hem behartigde, meestal vanuit zijn naam. Ze had contracten voor hem ondertekend, notities voor hem opgesteld en brieven gestuurd en ondertekend.

'Dat moet toch niet uitmaken?' zei Olivia. 'Van wat ik heb begrepen is een handschrift uniek en is het vrijwel onmogelijk om het handschrift en zeker de handtekening van iemand anders perfect na te maken. Een expert moet dat verschil toch wel kunnen zien?'

Thomas knikte bevestigend. 'Dat zou inderdaad moeten kunnen, ware het niet dat er zo'n onduidelijkheid is ontstaan over welke documenten zijn ondertekend door de heer Janssen en welke door zijn dochter, dat daar lastig een oordeel over te vellen is. Tel daarbij op dat de liefdesbrieven van de heer Janssen een paar decennia oud zijn, en je hebt een verdraaid lastige zaak. En aangezien het hier niet alleen gaat om het naleven van een codicil, maar ook om valsheid in geschrifte, moet het bewijs echt waterdicht zijn, wil een rechter daar de vingers aan branden.'

Olivia keek om zich heen. Er waaide een heerlijk briesje en op elke willekeurige andere dag had ze achterover geleund en met haar ogen dicht even genoten van deze prachtige dag. Maar prachtig was niet hoe deze dag voelde. Ze baalde als een stekker. Van het feit dat ze, in elk geval deze keer, begreep waarom Thomas deed wat hij deed, van het feit dat ze niet wist wat ze straks aan Wolff moest vertellen, maar vooral van het feit dat mevrouw Janssen haar straf hoogstwaarschijnlijk zou ontlopen.

'Nouja, in elk geval krijgt ze het schilderij niet in handen, dat is tenminste iets,' probeerde Olivia zichzelf en Thomas op te vrolijken.

Haar collega zat met zijn ellebogen op zijn bovenbenen, zijn handen in elkaar gevouwen, terwijl hij met zijn duimen tegen elkaar tikte. Hij draaide zijn gezicht naar Olivia, trok een wenkbrauw op en zei niets.

'Dat meen je niet. Dat ga je toch niet doen?' zei Olivia zo hard dat een ouder echtpaar dat langs kwam lopen haar aankeek. Om daarna op lager volume te vervolgen: 'Thomas, je weet dat ze liegt!'

Thomas ging rechtop zitten. 'Ik weet dat mevrouw Janssen liegt over het schilderij, over hoe, waar en wanneer het is gekocht en dat ze geen idee heeft wat het waard is. Ik denk te weten dat ze ook niet de waarheid spreekt over het codicil, maar daar heb ik twee problemen.' Thomas legde zijn ene wijsvinger op de andere. 'Eén: ik kan het niet bewijzen.' De wijsvinger verplaatste zich naar zijn middelvinger. 'En twee: mevrouw Voorst trekt de echtheid van het codicil niet in twijfel, dus officieel heb ik helemaal geen aanleiding om een vergelijkend handschriftonderzoek uit te voeren. Kortom, ik heb niet-sluitend bewijs dat ik ook nog eens niet kan opvoeren.'

Olivia probeerde op drie verschillende manieren aan een tegenargument te beginnen, maar ze wist uiteraard dat Thomas gelijk had.

'Dan nemen we de zaak toch gewoon niet aan?'

'In theorie een prima idee,' antwoordde hij wat afstandelijk. 'Maar willen we dat doen, dan moeten we kunnen aantonen dat mevrouw Janssen iets van ons verlangt dat in strijd is met het recht, en dan staan we weer op hetzelfde kruispunt: ik heb vermoedens, geen bewijs. Ik weet dat Waldrick denkt dat het me geen fluit kan schelen wat er met dit bedrijf gebeurt, maar je weet ook dat dat niet waar is. Als ik nu weiger, hebben we niet alleen waardevolle uren verspild, maar ook nog eens een uiterst onvoorspelbare en leugenachtige potentiële cliënt tegen ons in het harnas gejaagd. Ik denk niet dat ik je hoef te vertellen dat dat een heel vervelend staartje kan krijgen.'

Olivia zuchtte. Ze kon dit niet uitstaan. Het mocht gewoon niet zo zijn dat een oplichtster als Gerda Janssen haar zin kreeg. Aanvankelijk had ze zo'n hekel gehad aan Chantal Voorst, met haar giechelige voicemail en haar verschrikkelijke outfits, alsof ze een uithangbord was van alle dure modemerken die ze maar kon bedenken, maar dat schijn bedriegt was Olivia nu wel duidelijk. Ruud Janssen had haar gevraagd om na zijn dood volop te genieten van zijn geld en van haar leven en dat had ze gedaan op de manier die haar gelukkig maakte. Het was niet de manier die Olivia zou hebben gekozen, maar het hebben van een slechte smaak was geen misdaad. Een codicil vervalsen wel.

Thomas stond op van het bankje en samen liepen ze in stilte terug naar het kantoor. Af en toe keek Olivia naar haar collega, die zijn blik niet van de grond afwendde. Heel lang kende ze Thomas Frank nog niet, maar in de korte tijd dat ze samengewerkt hadden, had ze verschillende kanten van hem gezien. Arrogant, boos, grappig, sarcastisch, doortastend, analyserend en onderzoekend. Ze was lang niet van al deze kanten gecharmeerd, maar ze waren stuk voor stuk beter dan wat ze nu zag. Thomas Frank voelde zich verslagen en al was dat waarschijnlijk precies hoe Waldrick Wolff hem het liefste had gezien, met de lentezon in haar gezicht besloot Olivia Bos dat ze dit niet ging laten gebeuren.

Ze wist alleen nog niet hoe.

12

Het Golden Inn hotel was een groot pand, maar de ingang zat enigszins verstopt tussen de gebouwen achter de winkelstraat. De navigatie-app op haar telefoon stuurde Olivia heen en weer, maar gelukkig herkende ze uiteindelijk het logo van het codicil, discreet gegraveerd in een vergulde plaquette naast de glazen deur.

Ze had geen idee wat ze precies in het hotel ging doen, maar ze had nog een half uur voordat Thomas zijn afspraak had met de familie Janssen en ze had niets. Geen bewijs, geen belastende verklaring, niet eens een aanwijzing. De ironie van de hele situatie was niet aan haar voorbij gegaan. Wolff had haar aangenomen om Thomas in het gareel te houden, en nu deed ze precies waarvoor ze hem had moeten behoeden: een klopjacht die ervoor zou zorgen dat Wolff en van Gelder uiteindelijk geen cent aan dit hele verhaal zou verdienen. Maar dat was van later zorg.

Gisteren had ze contact gezocht met Chantal Voorst, in een poging om haar ervan te overtuigen de echtheid van het codicil officieel te betwisten. Daar wilde ze niets van weten. De jonge vrouw die ze een paar dagen geleden nog zo eenvoudig als golddigger had weggezet, had aangegeven dat ze geen tijd had om energie te steken in Gerda en haar streken en dat als ze het schilderij wilde hebben, dat ze daarmee akkoord was. Zelfs toen Olivia haar had laten weten wat de daadwerkelijke waarde van het schilderij was, veranderde Chantal niets aan haar standpunt.

'Als ik aan Ruud denk, wil ik denken aan onze vriendschap. Aan hoe we soms de slappe lach hadden en aan hoe veilig ik me bij hem voelde. Niet aan hoe ik zijn dochter voor de rechter heb gesleept. Ruud heeft me goed achtergelaten, het is goed zo.'

Even had Olivia daarna overwogen om de hele zaak te laten rusten, want als de betrokken partij er geen moeite mee had, wie was zij dan om er wel een punt van te maken? Dan zouden ze de zaak kunnen afhandelen en kon ze zich zonder gezichtsverlies bij Wolff vertonen.

Het was daadwerkelijk een optie geweest, als ze het beeld van een verslagen Thomas Frank uit haar hoofd had kunnen krijgen. Ze wist nog steeds niet wat precies zijn beweegredenen waren, maar dat het iets belangrijks was, dat was duidelijk. Bovendien had ze Quinten, na alle leugens van Lesley, keer op keer op het hart gedrukt hoe belangrijk de waarheid was. En dus ging Olivia verder waar Thomas was gestopt. Ze had met Chantal gesproken, in het geheim met Vincent, ze had online alles doorgelezen en uitgeplozen wat ze kon vinden over het schilderij en de schilder, al had ze geen idee waar ze naar zocht en hoe ze dat had kunnen gebruiken. Ze had met iedereen gesproken, behalve met Thomas, die zich had opgesloten in zijn kantoor. Uiteindelijk was het Zwabber die haar aanraadde om de gangen van mevrouw Janssen na te gaan op de avond die zou hebben geleid tot het opstellen en ondertekenen van het codicil. Die tocht had haar uiteindelijk hier gebracht, bij het Golden Inn hotel.

Nog voordat ze het hotel daadwerkelijk binnenliep, begreep ze waarom Ruud Janssen hier zijn bruiloft had willen vieren. Direct achter de entree bevond zich een gigantische binnentuin die baadde in een zee van zonlicht. Het was alsof je buiten stond, maar dan met een perfecte temperatuur, die hoogstwaarschijnlijk het hele jaar door hetzelfde was.

'Kan ik u helpen?' vroeg de man die achter de balie stond. Hij had een vriendelijk gezicht en zijn stropdas zat een beetje scheef en dat stelde Olivia gerust, omdat het hem menselijk maakte en haar vraag nogal ongebruikelijk was.

'Eh, nou, dat hoop ik. Twee cliënten van mij zijn hier twee jaar geleden getrouwd.'

'Wat leuk!' antwoordde de man, die volgens zijn gouden naambordje Brian heette, joviaal. 'U wilt ook hier trouwen? Dat kan hoor. Ik moet wel zeggen dat er een lange wachtrij is, we zijn een populaire trouwlocatie,' zei hij trots. 'U kunt zelf een ambtenaar regelen, maar wij kunnen u hier ook bij helpen, we hebben…'

'Eh, nee, sorry, ik wil niet trouwen,' onderbrak Olivia de man.

'Nooit?' vroeg Brian, en Olivia was een beetje overrompeld door de vrijpostigheid van de vraag, en Brian zelf blijkbaar ook, want zijn gezicht werd rood tot achter zijn oren.

'Nou, in ieder geval niet nu,' nuanceerde Olivia haar antwoord beleefd, om de ongemakkelijkheid van het moment te doorbreken. 'Maar er is een flink meningsverschil ontstaan tussen het stel over wat er die avond is gebeurd, en nu hoopte ik dat ik ze kon helpen door de waarheid te achterhalen.'

'Nouja, wat aardig!' zei Brian, die duidelijk geen filter had tussen wat zijn brein dacht en de woorden die zijn mond daadwerkelijk verlieten. 'Hoe kan ik u daar precies mee helpen?'

'Ik vroeg me af of er misschien camerabeelden zijn van die avond.'

Brian trok een moeilijk gezicht. 'Oei, dat gaat hem niet worden. We hebben hier een digitaal systeem en videobeelden worden maximaal dertig dagen bewaard. Ik werk hier nog niet zo heel lang, maar ik geloof dat we die beelden ook niet zomaar mogen tonen. Bent u van de politie of iets?'

Olivia schudde haar hoofd, al leek het haar verdraaid handig om nu even met een bevel te kunnen zwaaien en de beelden boven water te toveren, zodat ze kon zien of het gesprek tussen Ruud Janssen en zijn dochter inderdaad had plaatsgevonden. Gerda had verteld hoe haar vader het vel papier bij de receptie had gehaald, dus als dat waar was, dan was dat vastgelegd. Niet dat ze wist wat dat precies zou bewijzen, maar Olivia was de wanhoop nabij en de klok tikte verder.

Maar goed, dat maakte niet uit, want zelfs al had ze dat bevel gehad, de beelden bestonden niet meer. Het had geen zin meer, Olivia moest terug naar kantoor, anders zou ze de afspraak met de familie Janssen zelf missen en ze had Wolff beloofd dat ze er van begin tot eind bij zou zijn.

'Het geeft niet,' antwoordde ze en ze voelde haar schouders naar beneden zakken. 'Het was ook wel vergezocht om hier ineens een antwoord te vinden. Ik denk dat ik gewoon hoopte dat ik hier een ingeving zou krijgen. Bedankt voor de moeite in ieder geval, fijne dag.'

Brian keek een beetje teleurgesteld. Het was

duidelijk dat hij haar had willen helpen als hij dat had gekund. Olivia keek op haar horloge, ze moest opschieten als ze de bus wilde halen. Met nog een laatste knikje naar Brian draaide ze zich om om weg te lopen.

'Eh, mevrouw?' hoorde ze een aarzelende stem van achter de balie. 'Mag ik vragen om welke mensen dit ging? Misschien dat ik nog even in de administratie kan kijken...'

Olivia liep terug. Ze verwachtte er niet veel van, maar je wist maar nooit. 'De heer Janssen en mevrouw Voorst,' zei ze daarom. 'Ze zijn twee jaar geleden op 20 juni getrouwd.'

'Momentje,' zei Brian en hij tikte het een en ander in op zijn computer. Hij mompelde wat en liep vervolgens een kantoor in, waar hij een document uit een map haalde.

Olivia werd er nerveus van. Ze had geen tijd meer, en geen idee wat Brian aan het doen was. Hij hing een paar minuten aan de telefoon en noemde wat gegevens op uit het document dat voor hem lag. Waarschijnlijk dacht hij de privacy van het stel te waarborgen, maar Brian wist niet dat Olivia als geen ander ondersteboven kon lezen. Voor hem lag de factuur van de bruiloft van Ruud en Chantal. Nadat hij de telefoon had opgehangen, had hij haar met een teleurgesteld gezicht verteld dat er weinig was dat hij kon doen.

'Het hotel gebruikte voor de verbouwing een ander systeem, dat de bewakingsbeelden wel opsloeg. Ik hoopte dat ik dat zou kunnen inzien, maar na de rebranding zijn alle oude camerabeelden helaas vernietigd,' legde hij uit.

Brian vroeg of ze het allemaal begrepen had, maar Olivia had totaal geen aandacht meer voor wat hij allemaal zei. Ze bleef alleen maar staren naar de factuur.

Het was jammer dat ze nooit toegang zou krijgen tot de camerabeelden van het hotel, want dan had ze zichzelf kunnen zien, terwijl ze een doorslaggevende vraag stelde aan Brian, en hoe ze na zijn antwoord, het document van zijn bureau griste en zo snel als haar benen haar konden dragen het hotel uit rende.

Olivia keek voor de zoveelste keer die dag op haar horloge. 'Shit, shit shit!' zei ze hardop, tot vermaak van de mensen die haar als een razende voorbij zagen rennen. Olivia zag op haar beurt hoe de bus pal voor haar neus wegreed. Ze zwaaide met haar armen en riep zo hard als ze kon dat de bus moest stoppen, maar dit was het leven, geen Amerikaanse romcom.

De bus had een strak schema en reed door, er was geen knappe buschauffeur die de deuren van zijn voertuig - en van zijn hart - voor haar opende. Was dit wél een Amerikaanse romcom geweest, dan had Olivia op haar vingers kunnen fluiten en alsnog in een taxi kunnen springen, maar ook dat was hier geen optie.

Ze pakte haar telefoon uit haar tas om Thomas te bellen, al had ze van tevoren geweten dat hij uiteraard niet zou opnemen. Ze probeerde het nummer van kantoor, maar daar had ze drie wachtenden voor zich. Ze belde Elly, maar haar telefoon schakelde na een aantal keer rinkelen over naar de voicemail. Het was zelden zo druk op het kantoor dat ze niemand te pakken kon krijgen, maar dat het uitgerekend nu zo bleek, was extra zuur.

Olivia kon uit frustratie haar telefoon wel op de grond smijten, maar wist zich in te houden en die energie te gebruiken om zo snel mogelijk naar de volgende halte te rennen. Dat ging voor geen meter op hakken, dus trok ze ze al rennend uit, en vervolgde ze haar tocht op blote voeten. Ze voelde het niet eens toen ze op een steentje ging staan, zo gefocust was ze op haar doel. Met een beetje mazzel zou ze maar vijf minuten te laat zijn, maar dat was het waard.

Toen ze eenmaal hijgend, nét op tijd aankwam bij de bushalte en leunend tegen het bushokje haar schoenen weer aantrok, zag ze hoe de bus aan kwam rijden en besefte ze dat ze ook gewoon bij de eerste halte had kunnen wachten. Nou ja, het deed er niet toe, ze had de bus gehaald, en dat zou ál het verschil maken vandaag.

***

'Als u dan hier wilt tekenen…' hoorde Olivia Thomas zonder enthousiasme zeggen op het moment dat ze de deur open gooide.

'Stop!' schreeuwde Olivia, terwijl ze nog net niet het kantoor van Thomas binnenstruikelde. 'Het codicil is vals!'

Nu ze gestopt was met rennen, merkte ze pas wat voor inspanning ze had geleverd. De spieren in haar voeten waren verkrampt en ze had het idee dat ze ergens op haar voetzool een blauwe plek had. Het zweet brak haar uit onder haar nette blouse die strak onder haar armen zat. Ze wist vrijwel zeker dat een groeiende natte plek zichtbaar werd, maar daar had ze nu geen boodschap aan. Het maakte haar ook niet uit dat haar gezicht rood begon te gloeien, een waas van zweet zich vormde op haar voorhoofd en bovenlip en plukjes haar in haar nek plakten.

'Pardon?' zei mevrouw Janssen verontwaardigd, terwijl zij, een verbaasde meneer Janssen en geamuseerde Thomas Frank haar aankeken. Vincent leek het stel voor de verandering thuis gelaten te hebben. Hij was in elk geval niet in het kantoor te vinden.

'Mevrouw Bos,' zei Thomas, 'u kunt niet zomaar...' Hij deed zijn best om streng te klinken, maar Olivia wist zeker dat hij zijn best moest doen om een lach te onderdrukken. Hij had in elk geval een vrolijke twinkeling in zijn ogen toen hij naar haar keek.

'Thomas!' onderbrak ze hem, 'ik heb bewijs!' Ze zwaaide met haar hand, waarin ze een gekreukeld stuk papier had geklemd.

'Wie denkt u wel niet dat u bent?' snauwde mevrouw Janssen, terwijl ze opstond uit haar stoel. 'Begrijp ik het goed, insinueert u nu dat ik de boel belazerd heb?'

'Ga zitten,' zei Olivia, die langzaam weer op adem kwam, maar mevrouw Janssen leek daar weinig zin in te hebben. Ze wees met haar vinger naar Olivia alsof ze iets intimiderends wilde zeggen, maar Olivia was haar voor.

'Ga zitten voordat ik de politie bel!' zei ze, terwijl ze een stap in de richting van mevrouw Janssen deed, die daardoor nog niet net terugviel in haar stoel. Toen ze weer zat, pakte ook Olivia een stoel tegenover Thomas.

'Dus u had woorden met uw vader, tijdens de

avond voor de bruiloft?' vroeg ze op indringende toon aan mevrouw Janssen.

'Zeg maar rustig een fikse ruzie,' antwoordde Gerda chagrijnig.

'Tijdens de avond van de dag waarop uw vader en Chantal getrouwd zijn,' benadrukte Olivia nog een keer met een toon die ergens hing tussen een vraag en een opmerking.

'Ja, dat heb ik toch al gezegd?' sneerde Gerda Janssen. 'Ik probeerde mijn vader aan zijn verstand te brengen dat Chantal alleen maar om zijn geld met hem wilde trouwen en dat ik bang was dat ze de hele erfenis zou verbrassen.'

'En die erfenis kon u niets schelen,' ging Olivia rustig verder. 'U wilde alleen maar het schilderij hebben.'

'Dat klopt.'

'En daarom schreef uw vader een codicil waarop hij aangaf dat u het schilderij mocht hebben.'

Mevrouw Janssen knikte en keek Olivia aan alsof ze simpel was.

'Op de avond voor de bruiloft, op 19 juni.'

'Wat moet dit voorstellen?' schreeuwde mevrouw Janssen bijna. Ze keek van Thomas naar Olivia en weer terug. 'Meneer Frank, wat voor poppenkast runt u hier? Dit is allemaal oud nieuws, allang bekend bij iedereen in deze ruimte.'

Thomas haalde zijn schouders op en gaf Olivia met zijn blik aan dat het tijd was om haar punt te maken.

Olivia legde het formulier dat ze in haar hand had op het bureau van Thomas, waar ze het gladstreek en zo neerlegde dat alle aanwezigen het konden zien.

Een kopie van het codicil viste ze uit de dossiermap en legde ze ernaast.

'Kunt u mij dit uitleggen, mevrouw Janssen,' zei Olivia, alsof ze in een rechtszaal stond.

Thomas' mond viel open, terwijl Olivia hem zag kijken naar de twee documenten. Aan de linkerkant de factuur van de bruiloft, met daarop een fel geel logo met daarin de initialen GI, aan de rechterkant het codicil, met daarop een oranje logo in de vorm van een ondergaande zon, met de naam Golden Inn volledig uitgeschreven.

'Maar... dat is onmogelijk!' stamelde Gerda.

'Dat is het inderdaad.' Olivia kon niet anders dan haar gelijk geven. 'Toen uw vader trouwde met Chantal, was het hotel niet alleen aan het verbouwen, ze waren bezig met een volledige rebranding van het merk. Nieuw interieur, nieuwe huisstijl, nieuw logo, nieuw briefpapier. Briefpapier dat, volgens de Golden Inn, om precies te zijn drie maanden na de bruiloft van uw vader is gedrukt. Dus óf uw vader kon door de tijd reizen en heeft een codicil geschreven, getekend en gedateerd op briefpapier dat nog niet bestond, óf iemand heeft dit codicil op een latere datum gemaakt.'

Bij het uitspreken van het woord "iemand" probeerde Olivia heel nadrukkelijk niet naar mevrouw Janssen te kijken.

'Misschien ben ik in de war,' probeerde Gerda. 'Misschien was het niet die avond en heb ik...'

Voordat ze haar zin kon afmaken, onderbrak de stem van haar echtgenoot haar. 'Jij vals secreet!' klonk het van links. Meneer Janssen was opgeveerd uit zijn stoel en de aardigheid en rust die hij alle keren dat Olivia hem had gezien had uitgestraald, waren volledig verdwenen uit zijn gezicht. 'Hoe heb je de gore moed?'

Voor het eerst zag Olivia angst in de ogen van mevrouw Janssen.

'Ja maar Albert, je begrijpt niet...'

'Houd je mond!' tierde hij. 'Je hebt al genoeg gezegd. Wat ben jij een valse leugenaar. Je eigen vader, Ger. Wat ben jij voor iemand?'

Albert pakte zijn jas van zijn stoel. 'Het spijt me verschrikkelijk, ik had geen idee,' zei hij tegen Thomas en Olivia. Thomas knikte begripvol. Daarna liep hij met grote passen het kantoor uit, zonder zijn vrouw een blik waardig te gunnen.

'Maar Albert...' Mevrouw Janssen haastte zich achter haar man aan. 'Albert, wacht nou even!'

Olivia dacht het laatste van haar gezien te hebben, maar nog voordat ze iets tegen Thomas kon zeggen, stond ze alweer in de deuropening. 'Hier is het laatste nog niet over gezegd. Dit gaat jullie de kop kosten. Het is een schande!' Daarna zette ze achtervolging opnieuw in, terwijl ze tevergeefs de naam van haar man bleef roepen.

'Gaat dat goedkomen?' vroeg Olivia.

'Ach, jawel joh,' stelde Thomas haar gerust. Geef het een paar dagen en dan heeft hij haar wel weer vergeven. Hij haalde zijn schouders op.

'Nee, dat bedoel ik niet. Denk je dat we nog last van haar gaan krijgen?'

'Ik betwijfel het,' zei Thomas met een glimlach, terwijl hij naar het codicil wees. 'Tenzij ze heel graag wil dat dit verhaal een juridisch staartje krijgt. Maar, goed werk, Bos, hoe heb je dat geflikt?'

'Het lijkt erop dat we allebei zo onze geheimen hebben,' antwoordde Olivia, terwijl ze haar meest mysterieuze blik probeerde op te zetten.

'Touché.' Thomas stond op uit zijn stoel en liep naar een kastje in de hoek, waaruit hij een fles en twee glazen pakte. 'Tijd om het te vieren,' zei hij. 'Volgens mij zijn we een prima team!'

Olivia glimlachte, maar twijfelde of dit iets was om te vieren. Wolff wilde een analyse en in plaats daarvan moest ze hem vertellen dat het niet Thomas was geweest die had voorkomen dat het bedrijf hier ook maar iets aan had verdiend, maar zij, die juist was aangenomen om ervoor te zorgen dat dit niet meer zou gebeuren.

Bovendien moest ze weer terug naar het hotel, aangezien ze in haar enthousiasme een onderdeel uit hun archief had gestolen.

13

Thomas zat een beetje ongemakkelijk in zijn stoel in het kantoor van Wolff. Vlak daarvoor had hij Olivia zijn excuses aangeboden, omdat hij het gevoel had dat ze door zijn toedoen in de problemen was gekomen. Olivia had hem vervolgens gerust proberen te stellen door te zeggen dat ze een volwassen vrouw was, en prima in staat was om zelf beslissingen te nemen, maar aan zijn houding te zien hadden haar woorden weinig effect gehad.

In tegenstelling tot Thomas had Waldrick Wolff geen tikkende klok in zijn kamer, en dus was het enige geluid dat te horen was dat van ritselend papier wanneer hij een bladzijde omsloeg van het verslag dat Olivia bij hem had ingeleverd. Een extreem lang verslag was het niet, maar Wolff nam zijn tijd en de spanning in het kantoor was om te snijden. Uiteindelijk sloeg hij het verslag dicht en gooide de pen die hij in zijn handen had erop.

'Vijf lunches. Drie afspraken. En een verloren cliënt die bij vertrek laat weten dat ze stappen wil ondernemen,' vatte Wolff het verslag van Olivia samen.

Olivia knikte. Ze had de zaken niet rooskleuriger opgeschreven dan ze waren.

'Als ik even iets mag zeggen...' begon Thomas.

'Dat mag je helemaal niet!' snoerde Wolff hem de mond en het verbaasde Olivia enorm dat Thomas dat accepteerde. Want Wolff had ondanks zijn bijnaam technisch gezien natuurlijk niets over Thomas te zeggen.

'Ja maar ik...' Wederom snoerde Wolff hem de mond, ditmaal met een eenvoudig handgebaar.

Het was Olivia duidelijk dat Thomas haar probeerde te beschermen, maar hoe erg ze dat ook waardeerde, ze had het niet nodig.

'En ik begrijp uit uw verslag dat u degene bent geweest die een bom heeft gelegd onder dit hele verhaal?'

Olivia knikte wederom, iets zenuwachtiger deze keer.

'Ik moet zeggen dat ik teleurgesteld in u ben, mevrouw Bos. Ik heb u de ruimte gegeven om de boel te observeren, niet om te saboteren.'

Olivia glimlachte.

'Ik zie niet in wat hier zo grappig aan is,' zei Wolff. 'Ik dacht dat u betrouwbaar was.'

'En ik dacht dat u graag geld wilde verdienen,' kaatste Olivia zijn opmerking terug. Naast de verbaasde blik van Wolff, voelde ze de minstens zo verbaasde ogen van Thomas in haar rug prikken.

Wat Thomas niet wist, en wat zowel hij als Wolff vervolgens ontdekten, was dat Olivia nadat ze de factuur naar het hotel had teruggebracht niet naar huis was gegaan, maar contact had opgenomen met Chantal.

Ze had haar verteld over het briefpapier en hoe het echtpaar Janssen het kantoor van Thomas uit was gestormd. Echt verbaasd over de leugens van de dochter van Ruud leek ze niet te zijn, maar ze was Thomas en Olivia zeer dankbaar dat ze een heel juridisch circus hadden weten te voorkomen.

Daarna had Olivia haar gevraagd of ze haar eigen zaken al goed had geregeld, maar daar was ze nog niet aan toegekomen door de reis die Ruud voor haar had geboekt. En er viel veel te regelen, want niet alleen stond het bedrijf van Ruud nu op haar naam, ze had ook een aanzienlijk fortuin te beschermen, zeker met aasgieren als Gerda Janssen op de loer.

Gelukkig kende Olivia een zeer betrouwbare notaris, die deze zaken zonder twijfel goed voor haar kon regelen. En daarmee legde Olivia het tweede deel van haar verslag op het bureau van Waldrick Wolff, waarin de afspraken stonden die ze met Chantal Voorst had gemaakt.

De weduwe van Ruud Janssen had over twee weken een afspraak in het kantoor van Thomas, om akten te passeren ter waarde van een bedrag dat negen keer zo hoog was als wat de werkzaamheden rond het vervalste codicil van mevrouw Janssen zouden hebben opgebracht. Ook stond daarin dat Chantal had besloten om het gewraakte schilderij te verkopen, simpelweg omdat ze er niet meer naar kon kijken zonder aan Gerda te denken. De opbrengst stopte ze in een fonds voor Vincent dat hij zou kunnen gebruiken voor zijn studie en daarna, met de garantie dat zijn moeder daar nooit, maar dan ook nooit een euro van zou kunnen opnemen. En uiteraard werden ook de akten voor dit fonds getekend bij Wolff en Van Gelder.

Olivia genoot van de stilte in Wolffs kantoor, en besloot dat het een goed moment was om de ruimte te verlaten.

'We werken hier allemaal voor hetzelfde bedrijf,' zei ze voordat ze de deur van zijn kantoor dichttrok, de twee aanwezigen verbaasd achterlatend.

'Voor mij een oerbol pikante kip, en jij?' vroeg Thomas.

'Een salade geitenkaas natuurlijk,' antwoordde Olivia vrolijk.

'Jij bent echt ongelooflijk,' zei Thomas nadat de serveerster de tafel had verlaten. 'Ik heb nog steeds geen idee hoe je dit hebt klaargespeeld.'

Olivia had het idee dat hij ineens veel meer respect voor haar had. Ze glimlachte. 'Een beetje doorzettingsvermogen en stiekem heel veel mazzel.' Ze was even stil. 'Maar serieus, Thomas, ik had dit niet kunnen doen als jij niet had aangevoeld dat het codicil nep was. Als ik hier notaris was geweest, had mevrouw Janssen nu gewoon het schilderij gehad. Ik moet er niet aan denken.'

'Laten we dat dan ook vooral niet doen.' Thomas pakte zijn glas van tafel, en tikte het tegen dat van Olivia.

Het bleef een tijdje stil aan tafel. Nu Olivia en Thomas even geen zaak hadden om over te praten, werd het maar al te duidelijk dat ze op persoonlijk vlak heel weinig van elkaar wisten. Olivia besloot dat het een goed moment was om daar verandering in te brengen.

'Mag ik je iets persoonlijks vragen?' vroeg ze.

Thomas leek niet verrast door haar vraag en knikte instemmend, terwijl hij een hap nam van zijn broodje.

'Tijdens het eerste gesprek met de familie Janssen, kreeg je aan het eind een berichtje op je telefoon.

Nu gaat het mij misschien niets aan, maar je werd lijkbleek toen je het las. Je bent niet het kantoor uitgerend, dus een noodgeval kan het niet zijn geweest. Mag ik vragen wat er aan de hand was?'

Stiekem was Olivia veel nieuwsgieriger naar alles dat zich in het leven van Thomas Frank was gebeurd in de periode voordat zij bij Wolff en van Gelder kwam werken, maar dat zat blijkbaar zo diep dat ze besloot om eerst haar andere vraag te stellen.

Thomas aarzelde. 'Je hoeft het niet te zeggen als je dat niet wil hoor,' stelde ze hem gerust, 'maar ik mag je graag en het zag eruit als iets dat nogal een effect op je had. En ik wil dat je weet dat je het niet alleen hoeft te doen. We zijn een team.'

Even twijfelde Olivia of ze geen grens overschreed met het aanbieden van een luisterend oor, maar Thomas greep naar zijn broekzak en haalde zijn telefoon daaruit.

'Ik heb je laatst verteld dat ik de nogal vreemde gewoonte heb om het nummer van mijn vrouw een berichtje te sturen, toch?'

Olivia knikte.

'Het slaat nergens op, dat weet ik, maar het geeft me het gevoel dat ik ergens naartoe kan met mijn gevoel. Alsof ik nog een beetje op haar kan leunen, zegmaar.'

Olivia vond het helemaal niet zo vreemd, het klonk eerlijk gezegd wel therapeutisch, op een goedkopere manier dan betalen voor een psycholoog.

'Ik had geen goede dag,' ging hij verder, 'en toen ik het vermoeden had dat mevrouw Janssen de hele boel bij elkaar loog, deed dat me aan iets denken. En toen heb ik een berichtje gestuurd. Maar toen...'

Thomas stopte met praten. In plaats daarvan gaf hij Olivia zijn telefoon, met daarop de Berichten-app geopend. In de app zag ze een reeks berichten, met alleen maar de woorden "Ik hou van je". Het maakte haar verdrietig, ze kon zich niet voorstellen hoe eenzaam Thomas zich soms moest voelen. Ze had het ook moeten doen zonder partner sinds het vertrek van Lesley, maar zij had tenminste Quinten nog gehad.

Ze scrolde verder naar beneden in de reeks berichten waar geen eind aan leek te komen. Soms 's ochtends, soms midden in de nacht, soms een paar keer achter elkaar. Toen ze bij het eind van de berichten kwam, stokte haar adem. Ze keek Thomas met grote ogen aan. Vijf minuten nadat hij voor het laatst een bericht aan het nummer van zijn vrouw had gestuurd, tijdens het gesprek met de familie Janssen, was daar ineens een antwoord.

"Ik ook van jou!"

De Notaris en de gestolen erfenis is mede tot stand gekomen met de hulp van heel veel mensen die hun vertrouwen uitspraken in dit boek nog voordat het was geschreven. Ik dank jullie vanuit de grond van mijn hart:

Hetty Ziere
Anneke van Krevelen
Eva Oldeman
Denise Michiels
Jannie De Ruiter
Nell van der Eijk
Eltje Griffioen-Nieskens
Ge de Graaf
Ria Adriaansen
Souad Cherrabi
Hillie Gerritsen
Joke Coenrades
Helen van Grunsven
Margareth den Hartog
Marion Loock
Edith Klaver
Afina Hermsen Wilting
Jerney van Es-Baas
Denise Jolanda Westerveld
Helga Nieuwenhuis
Tjitske Booi
Bea Goudbeek- Diekmann
Monique Veenendaal-de Roos
Babs Philipoom-Korthof
Nicky Van den Vonder
Marjan van Berkel
Faye Chow
Jorijn Kooij
Margriet Bijkerk
Carla Jocker
Christine Huizing-Spijker
Monique van der Zwet
Lucie Wolters van Twillert
Karin van Mourik
José Houtermans
Annemieke
Yolan van Noort
Joke Turkenburg
Rita Geerders
Petra Kort
Els van den Bosch
Ineke Soer-Goosem
Anita Van IJzendoorn
Irmgart de Koning
Janny vd Vegt/Meijer
Mibet Tholen
Ageeth Bakker
Remigia Nieman
Gaby Koomen
Bianca de Koning-Versaevel
Anja Klijn Velderman
Dytah.nl
Anita Schrader- Kip
Gisela Rietvelt
Benita Verbakel
Ria Hubers
Karin Dohme
Miranda Voskamp
Sandra Lolkema
Jenny Rodenburgh

Monique Teunen-Verhoef
Anneke Verheijen
Anita Descendre
Jantje Carstens
Jeltje de Leur
Mariëlle Hodnik
Jelly
Gisela Buitelaar
Kirsten Radings-Gubbels
Wilna van Rijsinge
Lorraine Benders
Saskia Kuipers
Koosje Bijkerk-Doosje
Karin Visser
Margriet Cremers
Tamara Winkler
Colette Kruis-Sweere, notaris te Noordwijk
Janny Vliek
Annemarie de Vries
Jacqueline van Seters
Monique Kastelijn
Yolanda Bredewold-Daalder
Helga Scheer-Harms
Regine van der Zee
Aniet van Dongen - van der Wal
Ineke Koekkoek
Thea 's Gravemade
Mieke Coumans
Natasja Schaafsma
Marjanne Tijsze
Lonneke van Ingen
Peggy
Liesbeth Wilhelmus
Catharina Olijve
Susan van der Slot
Annelies Reekers
Ilse Nijdam-de Graaff
Susanne Mathijssen Kremers
Brenda Ammerlaan
Lineke de Ruijter-Klomp
Jeanet de Jager
Heidi Saelens
Silvia Hogewoning
Netty van Kalker
Anneke Everts
Thera van Zuilekom
Joke Dasselaar
Son van der Stoel
Debora Tromp
Anke Striezenau
Britt Brandsma
Hennie Opschoor
Roos Tapilatu Loots
Margot van den Nieuwenhuizen
Tiny Boogaard-Locht
Hilly Smit
Monique Ruinaard Groenewegen
Gonnie Webster-Meijer
Irene Dewaelheyns

Wilma van Laar de Jager
Sébastien Visser
Anneke van Dijk-Ploeg
Ariana Schuit
Marianne Bouwman
Trijntje Mekkelholt-Spin
Wj Kuil-Klaassens
Vera van Kuik
Anneke van Otterlo-de los Santos
Miranda van Beek-van Kuilenburg
Fenni Stoffels
Els Geelen
Elma Maliepaard
Jannie Boele
Lianne Vogelzang
Yvonne Koster
Hannie. Jansen
Margreet Kwakman
Diana Lentz
Bärbel Stutzke
Ems stavenuiter
José Neyts
Toos Nietveld Bosch
Yvonne Meerts
Angelina Peters
Jannie Hamming
Philène Nooy
Rosine Braeckmans
Kimberly van Staaij
Els Holleman
Anita van den Akker
Sanny van der Werff
Betty van Diepen
Jettie Belksma
John Dekker
Mariska Papa-Herman
Anne Vat-Tompot
Angela Valkenburg
Lenneke van der Meer
Anita Wezelman
Francisca Bonaros
Elma van het Ende
Wilma Doldersum-de Gelder
Yolanda en Ton
Jeannette Portillo
Patricia van Bommel
In liefdevolle herinnering aan Marieke
Claudia van Oers
Els Hertsworm
Rinie van Mierlo
Priscilla Pleeging-Helder
Moons Lea
Marriët de Buijzer
Ans Goeman-van Herk
Sylvia Holwerda-Groote
Nicolette Bleiji
Sonja Ijsselstein
Suzanne Branger
Joska Hagens - Harting
Jenny Stolk-Verhoef

Andrina - Schiedam
Anja Gerritse-Swart
Jeanneke van der Zwan-Nefs
Claudia Veringmeier
Isabella Schutte
Aaltje Lelieveld - Vellema
Corina van Langevelde
Tanja M. Klerks
Christel Lambregts
Stefanie Smit-Korver
Mirjam van Berkel
Esther Murrell
Marijke Pottjewijd
Esmé van Rijn
Aly Drenth-Luxema
Patricia van Heek
Monique Bielander
Toos Goossens
Vera van Iwaarden
Inna Westerveld
Ivanka den Hertog
Ella Poeser
Ria van Slooten
Dré en Anna Schuijt
Wendy Bellemakers
Yvonne Heemrood
Angelique Steur-van Zijl
Elleke Slikker
Gabriëlla Nootenboom
Loes Kedrenthe
Ellen van der Vaart
Ingrid van den Dam
Connie Bos
Erna Muetstege
Jackie van Vugt
Eva van Dam
Gertie Smith-Vranken
Dimphy Kuijs
Suzanne Franssen
Aloysia Verkerk
Gretha Venema
Kimberly Laurentzen
Lianne Kooremans
Els Venema
Anny Wittebrood
Jolanda Clement
Conjo Theunissen
Marjan Vree-Quist
Marieke Steenbeek-Passchier
Natascha Reijpert
Josina Erbé
Sander Moes
Sandra Kuil-Bakkum
Patricia Water Scholten
Vicky Oostvogels- van Aert
Tanja Soesbergen
Conny Maassen
Carola Bakker e.v. Jansen
Denise van der Klein-Lipke
H.M.G. Haakma-Heeringa
Carla Bosklopper
Annette Meijer
Ria van Roekel
Aaltje Rienks - Venema
Lia Schrantee-Gommeren
Rhomy de Kort
angelique verheijen
Hennie van der Velden
Catrina ten Brinke

Anneke Beintema
Lijda Versluijs Vonk
Henny van Raaij-Stoffels
Nikkie Wagenaar
Dorothe Balk-Kemps
Roely Voets
Jacqueline Osterop-Pamboer
Manon van Mameren-Mak
Joke Riemer
Mirjam ten Brinke
Anneke Dijkstra
Karin Zeiger-Keizer
Els Onclin- ter Haar
Elise Wisselaar
Sietske Grenzenberg
Ina Smitsman
Rika van der Tol de Rooy
Wilma Leunissen
Diny Kosters-Rosbach
Nora van Gelder
Alja Wiersma
Geertje de Wilde
Jany Huisman
Grietje
Edith Hendriks
Kimberly Lagerweij
Ivonne de Graaf
Thea van der Veen
Chantal Schreurs
Ida Blom-Kamp
Martha Postma
Jettie van Nispen
Corina Snepvangers
Sandra van Dam - Alblas
Annick Govers
Ellen Alders
R!A
Anita Lagerweij-Willems
Sandra de Ruijter-Plomp
Lidia Ruis-Terol
Tahina Heiliegers
Patricia van den Heuvel
Mickey Kras
Marja Van Eerten
Carina van Reenen
Catrina Druif-Stark (i.m)
Hennie van Esveld
Christi Meuleman-Lebbink
Maaike Lobregt
Hennie Sanders-Snier
Monique Legdeur
Judith Sparendam
Otto Gierveld (RIP) en Ellen
Mirjam de Kort
Yvonne Boeijenga
Sandra van Amerom
Angelie Blok
Kirsten Molog-Scholtens
M.J.B. Roos-Zirkzee
Angelina Brands
Hubertien Poot
Inge Buzing
Jitske Smedes
Elies de Winter-Wolters
Anny Stapper
Inge Verschoor
Lize Vroone
Gerda Fritz-Tempel
Danny Vanaudenhove

Ineke Ellen
Bianca van der Molen-Martens
Frédérique van den Maagdenberg
Dorenda Appeldoorn
Joke de Waaij
Tineke Wouters
Marty Wessels
Anneke Timmerman
Wilma Struijk
Stephanie Verweij
Annemieke Stolk
Riek Jansen
Nanja en Ulco de jong
Carine Blomme
Ineke van den Driesche
Bea van Roode-Lenssen
Rianne Horsman
Jeannet Verbeek-van Dijk
Agnes Spijker
Christl de Weijer
Renate van Nielen
Jacqueline de Jongh-Devillers
Mascha Krijnen
Renske Steffen
Ellemiek Ahrens
Tante Lies
Melissa van Proemeren
Rita Moeshart
Sandra Brands
Geke Bijlholt
Marjon Snel
FJ Rozeboom-Spijker
Linda de vries-van Vliet
Margareth van Weert
Andrea Mans
Guusta Hoekstra-Post
Ina Apeldoorn
Sissy Hilferink
Klaske Jonker - Klijnstra
Willeke Hoorn
Sabine Greveling
Ami Moeskops
Diana van Driel
Mien Julien-Strijb
Annie Entjes de Lange
Anouk Onverwagt
Esther Bond
Ceciel Wissink
Eline Schrader
Sandy de Heer
Anneke Petersen-Vliek
Carla Laan
Monique Noordijk-Vogels
Corrie van Weegberg
Hennie Schrama
Maria Klein-van der Aa
Gerda Otten- van der Vegt
Karin Hoekstra
Marian van Heeswijk - de Vries
Jenny Schouwstra
Astrid Irene Schouten
Henny ter Horst
Diana Lips
Joeanne Lagordtdillie
Anita Sijmons
Marjanne Scheerhoorn
Wil de Zwarte
Kitty Kruisheer-Homma
Adriana Murrells

Karin Rottier-Jacobs
Marcella Nefs-Veringmeier
Josien Damen
Janneke van der Touw- Ende
Petra Havens
Astrid van 't Hof
Corinne Bruin
Limke Leistra
Jolande van Til
Lucie Teunissen-van Uum
Lennie Mast
Gerdien Vlieger
Akkie Wouters- de Hoop
W.G Horsting
Janet Slits
Mieneke Suurd
Sylvia Los
Tineke Bolwidt
Mirjam Spijker
Veronique Thape-Krijgsman
Anja Wind
Miranda Zandbergen
Gerard Viveen
Lisette Schaap
Sandra Loeffen-v. Summeren
Linda Faure-Hoekstra
Yvonne van den Broek
Marjon Rapati-Minnema
Jolanda Wonnink
Patricia de G.
Marijke Hegï
Elly Peijnenborg
Melanie Hooiveld
Rianne Hageman
Jeannette de Wilde
Wilma Roor van Wensveen
Monique Wesselman
Janneke Holties
Anneke Kats
Annemieke Kreeft - Hidding
Mary van den Bulk
Kitty lansink
Gea Schornagel
Esther Metten
Rita Looy
Yvonne Bakker
Hannie Meems
Marian Schoo-Putter
Anselma Haring
Ester Eriks-Brouwer
Marian Hulshout
Mariejose Hoonhout
Sijmen Veerman
Anita Boom
Jacqueline Busman
Jolanda van Vught
Saskia Bulthuis-Koorevaar
Maria Jaspers
Fabiënne Albers
Catharina Hagedoorn
Wilma Wullems
Tieneke Schuiling Potze
Esther Bommer-Berg
Carola Mesman
Anja Hendriks-Schoo
Jolanda Ridder-Uppelschoten
Annie Van steenoven
Jenny Zondervan
Joke van Asselt

Petra Verkaik-Evertse
Sieglinde Verhoef
Helma Koedijk
Linda van der Hoek
Ellen van den Muijsenberg
Mia Vosselman
Anja Heemskerk
Karin Onclin
Erna Wasseveld
Miriam de Roos
Floor Geenen
Ingrid van Beek
Jeannet
Gerdien Post
Elly Geenjaar
Hanneke van den Broek
Anita Klein-Verburgt
Lenny de Min
Katinka Boullart
Astrid Moorkamp
Monique Blommesteijn
Maaike de Bruin
Danielle Koning
Monique Oelius-Lodder
Yvonne Minneboo
Agnes Slangewal
Gwen Wijnands
Jeanny Senden
Arie kastelein
Jacqueline van der Velden - van der Hout
I.A.E. Koopman-Vermeulen
Margareta Verheyen
Trees Lewis -Berends
Sylvia de Raat
Beldman
Danielle van Helden
Edith de Windt
Irene van der Bent- van Driessel
Nel Polak
Nita Dubbelman-Engel
Brigitte van den Broek
Karin Könst
Alice Loosman
Ine van den Eijnden
Pascalle Postma
José te Dorsthorst
Marieke van Deventer
Suzanne van der Vaart
Janna Cornelius-Grofsmid
Joke Dekker
Anneke van den Berg- du Bois
Jantine Eerland
Krista Klopping
Linda Pethke
Annie Janssen
Ineke de Jong
Helen Suitela
Harmina Bruinenberg
Vicky Rijlart
Jack Perquin
Huisina Luik
Annie Pérez-Jansen
Marcel Veraart
Esther van der Hout
Sandra Sengers
Marijke van Dam
Marja Rozeboom
Annie Stokman
Petra van Leer

Josephine Schoevaars
Helma Rombouts
Mieke Vos
Anna Schuitema
Cobie van Gelderen
Annie van Hooijdonk
M en K Reijntjes
Monique van Rijsbergen
Myra Verburg-Ooms
Coby van Helden
Marcella Nak
Marco Velzing Westerink
Thea Wijntje
Sandra Stofberg-Schuitemaker
Bluumpie
Marli van Winsen
Marianne de Zwart
Jorine van den Brink
Ellen Wisse van de Ven
Ina Wijnberg-Duijkers
Gerie Klooster-Hilverts
Karin Nijland
Roselique Verstraaten
Bianca J. Houthuijzen-Tanis
Claudia Langezaal
Vera Streuper-van der Steen
Rita Zoetemelk
Aaltje Koning
Petra Rozendaal
Sylvia Pijlman
Anja Kruithof
Miranda Kirkels-Spits
Lauraa Roel Mitch
Hanne van V. - van L.
Heather Morrison
Bianca Jongman-van Wamel
Marja Willigenburg
Angelique Cawley
Sobien Schots
Laura Roossien
Bernadette van Breukelen
Grada Abrahams
Marinka Heinen-vos
Ieke van Hoorn
Petra de Vink
Helga Nieuwenhuis
Marjolijn Bakker-Huigen
Catharina de Zeeuw
Inge Jansen
Marja Hanepen
Audrey Theunissen
Jannie Eppinga-Brouwer
Simone Verkooijen-Seeboldt
Daisy Slagmolen
Magda Smit
Pauline Hendriks
Grietje ten Hove
Wilma Hulzebosch
Simone Hegeman
Ans Lijftogt
Maranda Boswijk
Marie-José van de Pol
Lia sinnema
Anouk Bloemers-Bertjens
Ina Wiltjer
Gerrie Droppers
Marijke Visser
Cora Harmsen
Vera

Lida Hagen
Miranda Hotting-van Kleij
Corine Boonen van Rhee
Anita Reijne-Yntema
Ine Tummers
Miranda vd Knaap
Marjan Bos
Mariëlle ploegmakers
P.E.Laagland
Gerjon Creemers
F.A. Wanningen-Kooij
Marianne de Vries- Diepenhorst
Rijna Kools
Renate Hulskers-Biemold
Annemiek Visser - Veenboer
Karin Knegt
Martine van Vuure
Ria den Besten
Hennie van der Pluijm
Agatha Schram
Wilna Rosier
Pim Olthoff
Carla Elst
Inger de Vries-Meijer
Mireille Grin - Schippers
Irmy Spruytenburg
Ton Stek
Erika Van de Ven
Natasja Fehres-Betist
Marie-Louise Bourgondiën
Loura Boogerman-Jongepier
Anny Scheffers
Lenie Vrieze
Jolanda Foget-Smeerdijk
Imke Pruim
Anneriet Keijzer
Riet Olsder
Nicole Kramer
Nathalie van der Heide
Edith Koops
Wil Stillebroer
Ingrid Tielemans
Rosalie van Mill
Saskia Kogels
Erna Kronenberg
Marlies Twilt
Barbara Scherer
Yvonne Loogman - van Rijswijk
Shayenna König
Hetty van Hensen van Uningen
Linda Berrens-van Bodegraven
Joke Sijm Haveman
Joke van der Vlies
Will van Dijk
Winny Kikkert
Angelique van Hussen
Monique Van Willigen
Yvonne Bijkerk
Erna Langenhof
Annemieke Nobels
Petra Rebel
Angelica Iacovone
Eline Plat - Schokker
Eveline Boer
Tanja Mennink
Tanja Christell van Andel
Cindy Leijendeckers - Smeets
Lea Gortemuller-Smulders
Annelies Durieux-Bos

Ans van de Wouw
Marja Laene
Elly Ferwerda
Jacqueline Gerritsen
Janny Kroezen
Marloes Bindraban
Mirjam van Dorp
Chantal Gerritse
Peter Lombarts
Paula Ham
Annemieke de Haan
Margriet de Jong 1962
Annemieke Lavrijssen
Suzanne Andriessen
Gerda Bakker
Anneke van Leeuwen
Anita van Lent
Patricia Markus
Monika Vegter-Heuving
Carolina Engels
Linda Sernee
Hesja Roijinga
Heleen Basters
Johanna Wijtvliet
Sandra Heemsbergen
Gretha Robben
W. G. G. M Lukassen
Erna Bruijnesteijn-de Jong
Monique v Rijswijk
Marie Bakker-Algra
Teddy Ruijters
Bianca Kuiper-Berends
Suzanne van der Bijl
Inge Koehoorn
Marieke Weerkamp
Anita Frederika van der Sluis
Ria van Rooijen
Ine van Oijen
Anoeschka timmer bos
Lianne van Pruissen
Hannie Johnson
Bianca Wahlbrinck-Niël
Chantal Kraak
Wilma Schepers
Judith Peelen
Monica Rensink
Mattie Nannings
Kitty Reidsma
Caroline Lem-Jansen
Marja van der Bent
Petra Zondervan-Smit
Floor Hütte
Dorien Evers
Michael Zwaagman
Roos Louwes
Judith Leinweber
Ingrid Joosten
Marjanne Zweers
Paula van Overeem
Arcilla Steehouwer
lijda veldman
Erna Godwaldt
Monique Faken
Marja Verbree
Corrie Sol
Angelique van Gestel
Odette van Eden
Mascha Dalderup
Gea Swart

Engelien Seitzinger
Ariël van Hagen
Elise Stolk
Ingrid Simons - Adelerhof
Marleke Stoel
Chantal Spruit
Joke van Rosmalen
Tineke Klop
Saskia van Meerendonk
Anke Lindhout
Janneke Wijgergans
Anja Schijvens
Diana van der Keur
Marja Cornelissen
Bea de Kooter
Bo Nelissen
Krista Evertsen-Willemsen
M. Heethuis - van Leijen.
Aaltje Overdijkink- Gunther Mohr
Robin Nelissen
Marja van Asperen
Ans Ouwerkerk
Martha Maat-Doop
Voor Jessica Harbers
Rita Korsman-Gankema
Christel Van Damme
Herma Smit-van Grol
Jeanny Brouwer
Siska Rottier
Irma Viehoff
Joke Geluk-Doorn.
Ineke Jansen
Mariska Juurlink
Diane Tielemans
Tiny Schoppen
Claudia Ebbers-Lenders
Marieke van Kampen
Marja Boots-Eijman
Dorothe van den Eijnden
Ans Dohmen- Bouwels
Erica Prenen
Alie Veenstra
Caroline Woeltjes
Janny van Bloois
Kim Neuzerling
Yvonne de Visser - van Burgh
Colinda de Bie
John Amadeus zegstroo
Ineke Vromans
Marinette Brierley
Marie-José Terburg
Gerda Vereecke
Bernadetta Baudoin
José Kirpenstein-Marijnissen
Corina Grotenhuis-Klerkx
Liesbeth Doedens
Anita Smet
Rian den Otter
Aafje van der Wiel
Elske Luik
Danielle van Hees-Buisman
Simone van de Leur-Maas
Tamara Louwet
Astrid Goes
Angelieke Spijker
Marjo Verweij-Teklenburg
Bep Kosterman
Giselle de Vries
Thea Goudswaard-Smit

Ricky Roelofsma
Daniëlle Kolkman
Ria van Hout van Duppen
Alexandra Musters - van der Sluis
Lenie Tuns
Carin Duivenvoorde- Bakker
Dianne Pasop
Paula Visser
Marit Stobbe
Marga Smits
Janet Dinnissen
Corrie van Duijn
Jetty Wortel
Esther Grit.
Heidi Heek
Marrie Oppelaar-Blok
Janita Langemaat
Marga van Lenthe
Jolanda de Jong Zwart
Herma Hermens van der Loop
Josephine Ripken
Inge van der Vegt
Marjan Vermeij
Grietje Pruim-Harms
Tineke Koops
Marijke Draye
Laura Kools
John en Heidi Wittenberg
Anneke Emor
Angela de Vries
Tiny Poldervaart
Anita Caris
Janny Drent
Daniëlle Korver
Mau Jap
Thea Paalvast
Annebet Meesters
E.W.M. vd Meer
Leonne Klaassen
Annelies Plugge
Stieneke van Dijk
Marjon Heimering
Tirza van Ollefen
Wendelina Sterenberg
Lieve Somers
Pia Slootweg- Hoogeveen
Claudia Spinola
Dies Brons
Carin Kerstens
Karin Schreijenberg-Bouwmeester
Nicole Nieuwenhoff
Bep Passchier-van Dijk
Jolanda Roozen
N. Sanders
Cocky Parlevliet
A.A.M. Wezenberg
Laura van Wensen
Tessa Booij
Joke Stuijfzand
Alinde de Wilde
Paulien de Koning Schmitz
Els Zanderink-Stam
Barbera Timmerman - van der Wal
Annie van den Brand-Cremers
Petra Wielders
Helma Gelderblom
Irma Karolina Elisabeth van der Made
Christel Van Dessel
Kachiri Kramer

Marije Sorgdrager
Christiane Aarts
Jacqueline Jansen Triepels
Guus Geerts
Helma Tettelaar van Tilborg
Yvonne H. van Galen
Carry Miltenburg-Peperkamp
Charlotte Niewöhner
Jon Meijer
Carine Rijnen
Beppie van der Waal-Peek
Jolanda Stol-Schenk
Petra Bergs - Kuus
Erna van Panwijk-Noordbruis
Tineke Hagen Bras
Edith Heimgartner
Nancy van Waveren Hogervorst
Roelie Warnar
Marlie Henderickx
Petra Dekker
Ria van Bennekom van Arnhem
Louise Ross
Astrid Streur
Lea Jacobs Verdaasdonk
Geertje de Vries
Linda Muus
Kaatje van Vliet
Maria Huitema Spekkels
Wilma Schuijff
Elisabeth Jannette Neijenhuis
Woudstra
Simone van Beurden
Anja van Schaik
Juliana Dural
Lydia
Inge Marschall
Wilma van Ruitenbeek Raven
Ingrid Rongen
Erika Dupain
Marjo Vermeer
Els van der Graaf-van Vliet.
Joly Plomp
Dea een grote fan van Martin
Anneke Bos
Nancy Hoppe
Annie Aarens
Irma Haringa
Addie van Houten
Karine Van Oplynes
Lisette Bernardus
Corrie Burgoyne
Ans de Kleijn
Esther Laarman
Mirjam de Ruiter
Karin Wiersma-Timmer
Karin Kouwenhoven
Wilma van der Molen
Lammie van Nieuwenhoven
Corinne Wols
Ria Hage
Jolanda Smit
Nelie Verkerk
Herma Nieuwkamp
Eric de Groot
Ellen Hoekstra-De Rond
Liesbeth Schipper
Nellie Stam
Rosaline Jacqueline Nicoline de Vries
Conny Vermeulen

Geerhard Schuurman
Coosje de Vries
Janny Verhoeve-Waleboer
Louise Peeters-Loeffen
Kasper Bodde
Marlie Heijnen
Dorien Mooij
Tineke Ottens
JAMT Hoekstra-Gorissen
Bert en Hannetta Kamminga
Marja Descendre vd Graaf
Jolanda van der Scheur
Annette Schellingerhout
Paula van Belzen
Sanne Veneman
Miranda Verkaart
Ineke van Doorn
Margreet van Wijnen
Angeline Gerritsen
Esther Gaasenbeek
Ellen van Gestel
Suzan Kekoz
Claudia Müller
Leny Stoop
Jacqueline van der Put-Suijkerbuijk
Marijke van Bommel
Ger Duijs vd Vliet
Jokelouise Luthart
Petra Hogenbirk
Tineke van der Zouwen
Wijnanda Middelkoop
Gertrude de Vries
Jolanda Koomen
Laura Saelman
Merel van Dijk
Petra Arts
Carla Engels-Besamusca
Annie Scheffer
Alie de Lange
Lisa Geevers
Rina de Klerk-Hermans
Dina Hoving
Olga Jacobs
Tonnie Schotpoort
Renske Merks-Hak
Marianne Doomen
Monique Bosboom
Nancy Veling
Willy Prins
Theo Leermans
Anja van Gils - Verwijst
Lidie Visser
Ineke van Ettinger
Yvoone Albdrts
Tineke Visser
Marjan van Ekris
Rijna Hijwegen-Veer
Yvon Troost
NataS Vermij
Aukje de Jong Hofstra
Irene Gotlieb
Ria van Ooijen-Visser
Benita Woerdeman - Muiteman
Silvia Schoppema
Jeannette Valkenburg
Anneke Zee.
Dieneke Hollemans
Hannie Heezius
Ingrid Edelenbos

Yvon Heikoop
Lettie Blom
Alice M. Scheppink
Tineke den Besten
Marijke van den Broek
Gerrie K-B
Giena Memelink - Gramsbergen
Ans van Kesteren
Loes Peizel
Sonja Van Tichelen
Mia van der Linden
Ade de Vries
Nelleke den Engelsen- van t Zelfde
Karin Ritmeester
Yvette Wind
Miriam van Elmpt
Joke
Ellen Stam
Rieki Kruse
Maddie de Pauw Gerlings-Meijer
Joke van Kleef
Ida Sijtzema
Natasja de Wolf
Geeske de Graaf
Klazien H.C.Verschoor
Bernadette Gulickx
Elles Ruumpol
Anna Delvers
Dien van der Wansem
Lillian Egging
Karin Aberkrom
Mariëlla Castien
Hanny Ruijter-Geelen
Theresia Brans
Jeanette Alblas
Anne-Marie Goense-Taale
Jeannette Fabrie
Tonnie van der Donk
Suzanne Pruim
Patries Beyersbergen van Henegouwen
Krisje Michiels
Anja Lubbe- van der Voort
Marina Pijpers
Miranda Herbert
Monique Bos
Esther Verweij
Sandra Bonting
Lidy Poelstra
Monic Rietveld
Linda Froma
Moniek Se
Rimy Wiltink-Veltman
Henk Pieters
Liesbeth van der Jagt
Elisabeth Vollebergh
Sylvia Verhagen
Freddy Ghekiere
Nel Grevinga
Stien van den Driesche
Jolanda van Spanje
Hitty Rotmeijer
Nel van Ree
Meike Brummel
Nettie Oudenes
Marion Bruurs-Teeuwen
Andrea Rijghard
Nolly Nouwens-Theunisse
Adriana Brugman griffioen
Monika van graffijland

Truus van der Voet-van Bree
Jolanda van Hekke
Jolanda Scheffers
Marieke Oude Engberink-Overbeek
Kim De Munter
Johanna Vlijmincx
Conny Rondhuis-Timmer
Annemarie Wieling
E.A.M. Teerling-Loomans
Marian van Dongen
Connie de Kok-Sonderman
Trudie van Assendelft
Anneke Verhorik
Ellen Timp
Mariëtte Heesakkers
Mieke Wezenberg
Jacomien Bartels
Gerda Faber-Veraar
Angelique Ouwehand- de Groot
Ina Schoester
Lonneke van Keulen
Kok Flora
Gera den Hartogh.
Christine de Zeeuw Klauser
Katleen De Backer
Alie Brouwer
Bianca Beck
Hélène Zwart
Cisca Koper-van Rijn
Carola Hummeling - Buurman
Constance
Tabitha Vaanholt-Hesselink
Ilane Warmenhoven Heemskerk
Carla Coumou
Anne-Marie Elfrink
Jenny van der Slot
Miriam V.B.
Wiebe de Kok
Tineke Roozendaal.
Marieke Hovens
Grea Oorschot
C.L. Osterop
Mariska Appelman
Monique Hoeve-Hoogers
Els van Proosdij
Esther Linnekamp-Lagerburg
Linda de Vries
Rikie Derks
Hilda Alves
Lydia Huveneers
Inge Dekker
Carolien Andreoli
Elske Janssen
Diana Kalk-Korver
Bauke Feenstra
Miranda Damhuis
Jeanny Heessels
Jenneke Hoegee
Annie van Campen-Hengeveld
Feikje van der Molen
Nel coret -pasma
Elly Bennis-Fok
Lisa Peters-Nederstigt
Marianne Hoogendoorn
Karina Ardon
Marloes Nijland
Esther van der Reest
Jannie van Stokkom
Corina Pluimers

Sandy Nouwt
Karola Baarslag
Ed's kaashuis
Sjanet de Goede
Elly Boonen
Jacqueline Jacobs
Tineke
Nel Kok Bloem
Joke Barendregt
Janneke Frikken
Henriët van der Sluis
Alma Brouwer-Littooij
Rianne Klein Geltink
Marian Groffen
Ilona van der Sanden-Raven
Gea van der Zwaag-Visser
Lisette
Maudy van Sinttruije- de Jong
Pauline van Hattum - van Ruth
Annemarie Boekhoorn
Sjoerd van Schauwenhove
Marjo Boerenkamps
Patty Legerstee
Riet Brink
Joke Speelman
Alie Zernitz Sellis
Karola van Holten
Jet van de Peppel
Wilma van Erkel
Netty Grin
Alida Johanna Elizabeth van Kesteren
Jeannet van Buren
Shirley Griese-Patterson
Danny Breebaart
Barbara Guldemond
Mevr. C. van der Wiel
Mariëll Franken
Hans Moors
Irene Stoffels
Annie Kruijs
N. van Driel.
Gerrie Zeegers
Ineke Ippel
Annemieke van der Meer
Gerdien
Anouschka Bosch- van den Hudding
Wilma Kappert
Annie Borgerink-Boezelman
Astrid Carati-Zeedzen
Kirsten Huisman-van der Hoorn
Joyce Heij-van Krevelen
Wil van Kampen
Judith Borgman
Jannie Berk
Karin den Os
Laura van de Ven
Ad de Rot
Hanny Scholtes
Francy Kuster Jansen
Ans Appelman
Ine Boonen-Didden
Karin de Wit-Onderwater
Nina Baelemans
Geertje Bronkhorst
Jennifer Helmers
Carol Burgs-Walraven
Bya de Ruiter
Marian van Bree
Gerrie Roos

Esther Erkelens
Wil Ferwerda
Indra van Stroe
Rieneke Lennips
Mineke Truus
Martine Bruinsma
Ria Pater
Yvonne Wuring
Mariette Wagenaar-Meijer
Hennie van Sambeek
Peter Hodzelmans
Eva Halsema-Brem
Roelina Klos
Annette Laan
Carla van den Heuvel
Mr. Jozé van de Sande-Vis
Helma Jansen
Wilma Nijmeijer
Cobi Wielinga-Petersen
Sonja Bijker
Diana Wesseling
Wilma van de Kolk
Gerrie Schriks
Karen Bosma
Anneke de Gans
Betty Hiemstra
Marlène Reeuwijk
Emmy van Venrooij
Angela Manuputty
Marja van Wijk
Nicole Baestaens
Hetty Liebregts
Miranda Kuiper
Astrid van den Hoek te Beek
Ankie Beerens
Patricia Bouslimi-van de Velde
Nel Brand
Hanny Muller
Hetty Montagne
Juultje de Valk
Corry Rossewij
Karin van de Hoef
Els Liest
Wies Rossenaar
Marianne Schouten-Vaal
Leny Groeneveld
Jolande Nieuwpoort
Chantal Hallumiez
Anita Kuijstermans
Susan Radder-Kappetein
Cora Boon
Lidy van Os
Irma Roelandt
Ingrid Vogelaar-Verhoeve
Thea van Rijn-Tol
Lenie Verbruggen
Erica van der Burg - Spronk
Birgitte Pen
Yolanda Peters
Yvette Lemmens
Rita Hermans
Els Hummel
Anja Willy Smid-van der Zee
Jenneke Beer
Cyrilene van Elsland
Mariëlle Voncken Janssen
Thérèse van der Kolk Koetje
Tiki Muijs-Stroink
Rozina van Oostende

Hanny Faassen
Bettie Tillema-de Boer
Ilja Moll
Ineke Clement
Natasja Mes
Jennifer Agerbeek
MariaVictoria Hartman
Clara Bonnie-T.
Ans Haar-Luiken
Pauline Coenradi
Angélique Overmars
Carla kleiberg
Wiep la Roi
Sandra van Tillo
Lilian Wagensveld
Christel Lambregts
Marise Tienstra
Marijke Titulaer
Karin Lucas
Ingeborg Beijk
Hilly v.d. Weide
Lenie Maas
Lia Ruijtenberg
Mirjam Beishuizen
Jannie Warmolts
Petra Siemons - Dirven
Netty Steketee
Elsa Alblas
Anja Olthof
Mirjam Bottinga
Karen Herrebrugh
Dorien Bakker-Hiddinga
Marianne van Wallinga-Bonkerk
Lia Leermakers
Linda Tijsma
Linda van der Zee
Annemarie Vos - Valkenburg
Annalies Jager
Yvonne Fehr-Hersbach
Ma-La Eyck
Willy van der vaart
Desirée Strikker
Debby Randwijk
Joke Wernke
Jolanda van der Elst
Amber van Huigenbos
Ans Bodbijl
Anita Hendriks
Mattie van der Sluis
Miranda van der Hoek
Janette Hiemstra
Marion Grijpstra -Been
Anne-Marie Cuijpers- van den Hurk.
Dorien Leenen
Wil van der Niet
Mariska Kamphorst
Karlien Molenaar
Rina Kers
H M J van Manen - van der Laan
Marijke Honing
Sara van Thuijl
Tamara van Meggelen
Greta Schepers
Truus
Miranda Voskamp
Lenny van de Ven
Wendy Tollenaar
Marloes van Heerebeek-Martens
Claudia Marjelle Timmer

Linda De Backer
Angelique de Quelerij- Glansbeek
Annet Dierkes
Gonny Besselink
Ria Bonsink
Anna Sipsma
Nel Hans
Alison Jolley
Ankie van Groningen
Suzette den Braven- de Cler
Marcella Luiken
Laura Veelenturf
Tamara van Dommelen
Gerda van den Hoek-Driesprong
Marieke van der Wouden
Marjan Keizer Olof
Hendrika Stoelwinder
Jeannette Jager
Maaike Riemersma
Dina Peper v.d. Werf
Silvia Ebbing
Yvonne van der Winkel
Corina de Koning
Helen Aerts-Gerritsen
Mariska Rozendaal
Sardjana
Elly Podda
Ria Maro
Greetje Medema
Gretha Kentie
Greet Brons
Jacqueline Hussein-Strijb
Carina van Veenendaal
Anda du Pré
Patricia de Leeuw
Caroline Stiebolt
Anita Leijten van de Loo
Jolanda de Jonge Dobbelaar
Ine Kooij
Marian Korteweg
Anita van Duin
Jolanda van Veen
Wilma Vloet
Anka van der Vorm
Ingrid Kok
Nynke de Jong-Bakker
Claudia Barto
Louise Brouwer
Marjolein Teunissen
Angelique Roussou
Anouska Rooze
Ann Van Alboom
Miny Vermeulen
Gerarda Maria van de Kraats
Caroline van Westreenen de Jong
Ingrid Doevendans
Marja de Kreij
Annemarie Koelen
Evelinda de Graaf
LA van Steenis
Astrid de Boer Doorn
Agnes Sol
Joke Kreijtz
Anjo Heusingveld-Gerritsen
Janneke van der Laan
Wyke Reusien-Westra
Sylvia Stolk
Josette Huizing .
Babs Korthof

Carla van Dijk
Josje Brommer-Kapinga
Lianne Coppens
Jacquelien Smit
Geke Jagersma
Jessica Scholten
Laura Hulswit-Rooijmans
Mia Geboers
Gerry Guezen Ligthart
Mieke Grootjes-Wildschut
Esther de la Bretoniere
Monique Bakker
jolanda bakker-Staffeleu
Cathleen Francx
Corry Scheerhoorn
Elizabeth Frederika Tuinstra
Lidwina Linck
Brenda Goossen Hertog
Naomi Lammers
Marijke Scherpenzeel
Trudi Kokkelink
Ezmee Middelkoop-Rouwen
Rita de Kreek
Jos Pala-Steehouwer
Loes Schilt
Kitty Salemink
AnneMarie Rijnbeek
Natascha den Ouden
T.m. Leermans
Richard Tromp
Ineke van Wisse
Ingrid Aarts
Riekje Altena
Irma Weber
Lenie van Dam
Janet Buikema
Tiny Boots
Gerdy Groeneveld
Herma Lam
Wilma Dingstee
Anneke Helder
Roelie van Loenen
Jacqueline Derksen
Leny Schneider-Mosman
Judith de Bruijn
Anneke Bathoorn
Jennie Koopman
Familie Jochemsen
José Schaak
Sheila Pardon-Snelleman
Hennie Jannie Angelique Rieder
Hilda Bijl-Hoekstra
Connie van Oosten
Mieke van Huis
Connie van Bemmel
Willy Blaak de wit
Aranka Rebecca
Gerd Soli
Jiske en Jurre Pool
Astrid Bourgondiën
Bep Segboer
Mirjam Foppen-Wanders
Oma&Opa Droppie
Linda de Haan de Bakker
Joke Oosthoek
Elsa Gerritsen
Marja Eringfeld
Coby Kuipers
Rozaline Staffeleu-Tromp

Gusta Coolen
Toos Ploegaert-Lange
BerthaJanneke Spoelstra
Wietske Levinson
Sophia van Slooten
Joke Boonstra
Renate Aarts
Geerts Carine
Medenblik
Ester van den Hoek
Corri Sigmond
Anneke Zwaan-Brinkman
Henriëtte Raats van Uden
Catherine Hoefnagels
Helga Jonk
Joke van Veluwen
Evalien Hartog
H.C.E. Brinkman-Bruinzeel
Charlotte Hennink Thissen
Gerty Rutten
Petra Remmelzwaal
Silvia Stronks
Miriam Joustra
Connie Blokker
Marleen Vervoordeldonk
Gerda de Graaf
Ellen Drogt
Jenny van Eck van Deutekom
Noëlle Lobbes
Ans
Hilde Manz
Bep Winkelmann
Shua-Tsan van de Burgt
Jolanda van Loo
Patricia van der Weele
Esther van der Klooster
Susan Grimmelikhuijsen
Ingrid van Calsteren
Anja Pahlke
Ria Kruisinga-Tholenaars
Annie Kamerman
L.S. Geduld
Manuela van Keulen-M
Marianne Doejaaren
Nancy Verrips
Brigit Stam-Rookhuijzen
Marga van Veldhuizen
Bianca van der Jagt
Renate Boxem
Bentina Vermeulen-Pieters
Marja Koelstra
Lia Ruijter
Wilma Schoormans
Desiré de Jong
Jannie Adolfs
Donna Greene
Alice Krämer
Joke van Oossanen
Dwayn Wil Idema
Adrina Smulder
Klaas.Timmermans
Tessa BeKo
Huberdina Schouten
.. Saradottie ..
Evelien Geers
Karin Lenderink
Maureen Callenbach-Stips
Angela van Rooijen
Mia Sijstermans

Akkie le Beyeuc
Jenny Van Ewijk
Janny Kruit-Opperman
Wilma Vereijken
Nancy Struik-Kandel
Kitty Neijenhuis
Paix van der Hoeven
Jacofiene Rigter - van Gaalen
Marianne Koppel
José Haagen van Brakel
Tamara Bierkens
Hedwig Wienen
Sandra van Steen
Coby Wouda
Miriam vanderGraaf-Bens
Trijnie vd pol-visser
Ellen Bertin
Petra Veldkamp-Janssen
Nellie Mullaart
D.S. te Gouda
Lieneke van Ark-Stilkenboom
Coby uit Haamstede
Pien Mulder
Jenny de Kok
Brenda Haagsma
Henny Lina
Carin ten Have
Irene De haas
Rina Geldhoff
Femke Janssen
Tineke Witteveen-Bier
Danielle van der Linden
Tineke Laan
Sylvana de Ruiter
Trudy Haverkamp
Anita Scholten
Anne-Marie van Huffel-de Graaf
Lia
Duuf Steenis-Kleyn
Anita An den Akker
Jose Smalbrugge - Jennen
Wilma
Annie van Hautum
Niesje - Bandieramonte-Dronrijp.
Silvia
Yneke de Roos
Nelly van Pelt-Kanters
Christine
Theo Vorstenbosch
Pauline Bleeksma
Judith Blokland
Tonnie van Gaal & Miranda van der
Maas
Nelleke Mackloet
Claudia Wallenburg
Chris10 Schuldink
Ans Sterken
Tineke van Oorschot
Inge van der Hoeven
Tina Boer-Dijkstra
Trees Doeleman
Smarty Behrens
Anne van Zwol
Cornelia Ligthart
Marja Lodewijks-Philipse
Louise Groen-van Velzen
Josine Rijsdijk
Lydia Peeters
Lisette Kint

Miranda Veenstra-Kamp
D.Lelij
Marian Brummel-Oosterveen
Else Vlieland
Sonja Lijesen
Marja de Vries-Lamens
Joke Kruit
Amber van der Reijden
Jolanda Theunissen
Ria Been-Koning
Mattie van der Sluis
Andrea van Horik
Wiesje Vroomen
Bea Goudbeek- Diekmann
Anja Worst v Soeren
Laura Schoutens
Gina van Ooijen-Klasens
Yvonne de Vries
Lidwien Venselaar
Bjorn Kastelijn
Nicole M
Connie van Hanswijk
Katinka Coenen
Margreet Hogeboom-Kroeze
Dineke Kip
Agnes Grit
Adriana Fernhout
Geralda Hengeveld-Timmer
Afra Veerman
Hedwig Wienen
Dora Dekker
Willie Manenschijn
Annemieke Veldhoen
Robert de Zeeuw
Sonja Schoute
Annelies Mulder (Gr.)

Cecilia Beuving
Piet Groen
Tina vergouwen-Bertens
Helene Helsloot
Caroline van Westreenen de Jong
Mayla Weinreich-Hoogstraten
Nelleke van der Zwan- van Uffelen
Familie Van Tunen
Thijs Hauwert
Martina Fennema
Tiny Smolders
Marij Munstermann
Bianca Smits-Broere
Ellen Jansen-Bruinsma
Anja Fix-Boerdijk
Monique van de Wouw
Johanna Bunt
Corric Franken
Frank van der Weegen
Monique Jeurissen-Willems
Herma ten Dam
Daniëlle Rus
Sieglinde Verhoef
Miranda Ketting - Bastemeijer
Wilma Schoormans
Sonja van Burgh-Nowak
Diana Huibers
Andrea Kars
Arna Taale
Thea Looman-Wanders
Hanny Moorman-Verschuijten
Truus v Wijnen v/d Beemt
Vera Moné
Miranda Scheenstra
Ninette Vermie
Saskia den Butter

Claudia Uiterwijk
Thoma Groeneveld
Sandra Bloetjes
Katinka Cammeraat
Annemarieke Baerents
Brenda Glas-Holm
Anneke Lighaam
Siemen en Joop van Esch
Ruby Ooyevaar
Nanny van Vlerken-Visser
Marjon v. Alebeek-Ceelen
Petra de Boer
Karin Elfering- de Prie
Monique Berevanroijen
jettine Trilsbeek
Marjan Delfsma
Véronique van de Wetering - Claase
Gerda Zandstra-Postma
Nicolet Sierts
Anita Wetzelaer
Marjo Verleur
Jolanda Bos
Liesbeth Boerrigter - van den Houten
Jolande Houben
Dina de Groot
Joke van Eeren de Kievit
Elisa Willmes
Imelda Plemper
Dolf Zwart
Thea B.
Evelien van Oord
Truus van Bommel
Willemijn De Bruin
Bernadette Posthuma
Lianne Vogelzang
Gerda Vogelzang-Reins

We hebben geprobeerd om iedereen te bereiken die opgenomen wilde worden in het boek, maar helaas niet van iedereen reactie ontvangen. Mocht je naam hier ontbreken, stuur ons dan een berichtje via info@mgpublishing.nl, en dan zorgen we dat je naam in de volgende druk wordt opgenomen.

Dankwoord

Er staat natuurlijk al een hele lijst in dit boek van mensen die ik heel dankbaar ben. Zij hebben mede mogelijk gemaakt dat dit boek gemaakt kon worden.

Maar er zijn nog zoveel meer mensen die ik hier wil noemen. Lisette Jonkman, die samen met mij aan de basis heeft gestaan van dit project, mijn lieve gezin, Martine, Robin en Matthijs, die héél lang hebben moeten aanhoren dat dit boek er echt zou gaan komen. Paul en Hannah Buisman, die me áltijd steunen, wat ik ook verzin.

Maar ook mijn praktijkondersteuner Reena, die me vaker dan eens uit de goot heeft geraapt en mijn lieve collega's die telkens maar moesten tolereren dat ik niet gestoord mocht worden als ik aan het schrijven was. Sylvia, die, dankzij een heup, eh, hoop ellende dit boek als eerste mocht lezen. Ook veel dank aan notaris Geers, die onze vraagbaak was in het laten kloppen van dit verhaal.

En tot slot Astrid, die me elke dag heeft gepusht om verder te schrijven, me zelfs verbood om op vakantie te gaan als het niet af was, en die onder grote druk de redactie en opmaak heeft gedaan.

Iedereen onwijs bedankt, zonder jullie had dit boek niet bestaan.

Dank jullie wel!

Martin